www.ingramcontent.com/pod-product-compliance
Lightning Source LLC
LaVergne TN
LVHW010550070526
838199LV00063BA/4933
9789358725049

نسائی ادب کی عصری کہانیاں

(منتخب کہانیاں)

مرتبہ:

زرقا مفتی

© Taemeer Publications LLC
Nisayi Adab ki asri kahaniyaan
Edited by: Zarqa Mufti
Edition: October '2023
Publisher & Printer:
Taemeer Publications LLC (Michigan, USA   Hyderabad, India)

ISBN 978-93-5872-504-9

مصنف یا ناشر کی پیشگی اجازت کے بغیر اس کتاب کا کوئی بھی حصہ کسی بھی شکل میں بشمول ویب سائٹ پر اَپ لوڈنگ کے لیے استعمال نہ کیا جائے۔ نیز اس کتاب پر کسی بھی قسم کے تنازع کو نمٹانے کا اختیار صرف حیدرآباد (تلنگانہ) کی عدلیہ کو ہو گا۔

© تعمیر پبلی کیشنز

کتاب	:	نسائی ادب کی عصری کہانیاں
مرتب	:	زرقا مفتی
صنف	:	فکشن
ناشر	:	تعمیر پبلی کیشنز (حیدرآباد، انڈیا)
سالِ اشاعت	:	۲۰۲۳ء
صفحات	:	۱۰۶
سرورق ڈیزائن	:	تعمیر ویب ڈیزائن

فہرست

(۱)	لمبے سفر کا ساتھی	بانو قدسیہ	6
(۲)	رقص مقابر	زاہدہ حنا	16
(۳)	شہر	ترنم ریاض	39
(۴)	پہلا حرف	سارا شگفتہ	52
(۵)	خواب کا دیا	ڈاکٹر نگہت نسیم	57
(۶)	اندھیرے میں کھڑا آدمی	فریدہ مسرور	67
(۷)	قصور کے کھُسے	روبینہ فیصل	76
(۸)	یہ کیسی محبت تھی	تانیہ رحمان	85
(۹)	تصویرِ حسرت	زرقا مفتی	97

(ا) لمبے سفر کا ساتھی

بانو قدسیہ

آہستہ آہستہ وہ اپنی گاڑی تک پہنچا۔ دور سے اس نے ریموٹ چلایا اور گاڑی کے دروازے کھولے۔ ابھی وہ بیٹھنے نہ پایا تھا کہ اسے دور سے اپنی والدہ بھاری کولہے پر توازن قائم کرتی اپنی طرف لڑھکتی سی نظر آئیں۔ ان کی چال میں اصرار تیزی اور بے چینی تھی۔ وہ دروازہ کھول کر بڑی اضطراری کیفیت میں کھڑا رہا۔ اس وقت وہ کچھ سننے کے موڈ میں نہیں تھا۔

"کلیم میری بات سنو"

گھڑی پر نظر دوڑا کر کلیم نے کہا

" اماں واپسی پر سہی ابھی دس منٹ میں مجھے ہیڈ آفس پہنچنا ہے میٹنگ ہے آج ملٹی نیشنل کمپنیوں کی"

"وہ تم نے سجیلہ کو منع کیا ہے کہ وہ تمہیں کار تک چھوڑنے نہ آئے"

"جی میں نے منع کیا ہے مجھے ایسی فضول خوشامدی حرکتیں اچھی نہیں لگتیں"

"تو تمہیں کون سی حرکتیں اچھی لگتی ہیں؟ تمہارے ابا بھی بہت پریشان رہتے ہیں"

"رہیں۔۔رہیں پریشان شوق سے رہیں۔۔۔ کیا میں کم پریشان ہوں؟ مجھے ایک ایسی عورت سے باندھ دیا جو آپ کے عہد کی اقدار میں گندھی ہوئی ہے۔۔۔۔ مجھے خدمت گزار اطاعت شعار سر جھکا کر چپ چپ رہنے والی عورت زہر لگتی ہے زہر۔۔۔۔۔ میں مرد عورت میں مکالمہ چاہتا ہوں وہ گونگی ہے۔"

ماں حیران تکتی رہ گئی۔ بھلا ایسی بے ضرر بھلی مانس قدر شناس خدمت گزار عورت بھی کسی کو بری لگ سکتی ہے ؟ وہ چپ چاپ کھڑی رہی۔ والدین اور کلیم کے درمیان کہنے کو تھا بھی کیا؟ کلیم ایسے دفتر کی طرف بھاگا جیسے آگ بجھانے جارہا ہو۔ حادثے کا بڑا اندیشہ تھا ہمیشہ کی طرح اس کے اندر سوچ کا ایک بھنور گھومنے لگا۔ سوچ کے اس بھنور میں کئی قسم کے منفی خیالات انا اور تکبر کے چھینٹے طیش کے بلبلے پھٹتے اور محبت کا جذبہ ہونے کی وجہ سے وہ لوگوں سے کٹ کر اپنے اندر محبوس ہو جاتا۔ ان سوچوں نے اُسے عزلت نشینی مردم بیزاری اذیت پسندی ذہنی ناطاقتی عطا کر دی تھی اور ان ہی سوچوں کی بدولت خود اذیتی سے محبت کرنے لگا تھا۔ جیسے کوئی اپنے ہی سگریٹ سے اپنی کلائی جلا کر لذت حاصل کرے۔ سوئی سے گود گود کر زخم بنائے اور مسرور ہو۔ سوچ کے ان چکروں سے بیزار ہو کر وہ چلنے لگتا۔۔۔ چلتا چلا جاتا اور پارک میں جا کر الگ تھلگ ایک بنچ پر بیٹھ رہتا۔

کلیم کی بیوی سجیلہ کو اس کے والدین نے بڑی جانفشانی سے پرورش کیا تھا۔ وہ گائے صفت ایثار و قربانی کی خواہشمند، خدمت اور سیوا کی آرزومند راستوں میں نہ آنے والی سڑک چھوڑ فٹ پاتھ پر چلنے والی صابر خاتون تھی۔ وہ اپنی ناآسودہ خواہشات کے ہاتھوں سیخوں پر کباب کی طرح سینکتی جاتی۔ لیکن اس نے کبھی شکوہ و شکایت احتجاج کرنا سیکھا ہی نہ تھا۔ لب سیے کمروں میں کام کرتی اجڑی اجڑی پھرتی۔ جب کلیم متوجہ ہی نہ تھا تو ڈھیرے ڈھیرے کپڑے لتے میک اپ کا شوق بھی کھونٹی پر ٹانگ دیا۔ ایک بیوہ صورت بہو کو دیکھ کر کلیم کے والدین دھک سے رہ جاتے۔

یہ تم سے کس نے کہا تھا کہ میری پینٹ استری کرو

سجیلہ نے کلیم کی طرف دیکھا اور چپ رہی

دو دو کریسیں کر دی ہیں اس کو پہن کر کون دفتر جا سکتا ہے ؟

میں دوبارہ کر دیتی ہوں جی گیلا کپڑا رکھ کر

کوئی ضرورت نہیں میرے کپڑے دھوبی کو بھجوایا کرو۔ وہ پروفیشنل آدمی ہے یہ کام گھریلو نالائقوں کے بس کا نہیں۔۔۔ ایویں معتبری جگاتے پھرنا خواہ مخواہ۔ دوسروں کی زندگی میں مداخلت کرتے پھرنا۔ اپنے آپ کو بہتر ثابت کرتے رہنا۔ تم کوشش نہ کرو سجیلہ میرا دل تم جیسی پائیدان صفت عورت کے لئے نہیں ہے۔

کلیم کا خیال تھا کہ کچھ لوگوں کو رونے کی عادت ہوتی ہے اور ایسی عورتوں میں سجیلہ سرِفہرست تھی۔ جس روز ڈبل بیڈ کو چھوڑ کر پہلی بار کلیم صوفے پر سو گیا، سجیلہ اس سزا پر تلملا اٹھی۔ وہ اپنا تکیہ اٹھا کر کلیم کے پاس آئی

آپ اوپر سو جائیں جی یہاں میں سو جاتی ہوں صوفے پر

زیرو کا بلب کمرے میں مدھم روشنی کر رہا تھا۔ بستروں سے علیحدہ کرنے کی جو سزا عورت کو جسمانی بے وفائی کرنے پر امر ہوئی تھی وہ سزا سجیلہ کو انتہائی وفاداری کے مقام پر مل رہی تھی۔ سجیلہ کے چہرے پر ساون بھادوں کی بارش گھر آئی۔

اس میں رونے دھونے کی کوئی بات نہیں کبھی کبھی کسی کے ساتھ سونے کو جی نہیں بھی چاہتا

وہ ایک لفظ نہ بولی۔۔۔ کلیم خود بہت پریشان تھا وہ اپنے تکیے کو سینے سے لگا کر سوچ کا کمبل اوڑھ کئی گھنٹے سونے کی کوشش کرتا رہا۔ لیکن اختیاری اور بے اختیاری منفی سوچوں نے اسے گھیرے رکھا۔ شروع شروع میں کلیم جسمانی رشتہ منقطع کرنے پر تھوڑا سا احساسِ جرم میں گیا لیکن پھر یہ سوچ کر کہ اتنے بڑے جھوٹ کے ساتھ وہ کیسے راضی نامہ کر سکتا ہے۔ بھوک کے بغیر کوئی کیونکر کھانا ٹھونس سکتا ہے؟ احساس جرم نے اُسے جس طرح لذت بخشی وہ ایک اور کہانی ہے۔۔۔ وہ اس احساس جرم کو خود اذیتی کے لیے

استعمال کرنے لگا۔

اس خود اذیتی سے اُسے بڑی لذت ملتی رہی لیکن مسلہ حل نہ ہوا۔ دفتر میں اسے اہم فیصلے کرنے پڑتے، کام متاثر ہوتا۔ وہ ان ہی سوچوں کے ہاتھوں اس قدر عاجز آگیا کہ اس نے سجیلہ کا بوریا بستر پیک کروایا۔ جب سوٹ کیس کار میں لوڈ ہوئے تو اس کے بوڑھے ماں باپ خطرہ بھانپ کر باہر برآمدے تک نکل آئے، کلیم خود مختاری میں اس قدر راسخ ہو چکا تھا کہ ماں باپ بُت بنے دیکھتے تو رہے لیکن لب نہ کھول سکے۔

سجیلہ کو طلاق دینے کے بعد کلیم کا خیال تھا کہ وہ سوچ کے نرغے سے نکل جائے گا لیکن اب تنہائی کی گہری کھائی کو لانگنا مشکل ہو گیا۔ گھر آتا تو سوچوں کا گھیرا اُس پر شکنجہ کسنے لگتا۔ انسان دوستی کبھی تھی ہی نہیں۔ سوشل لائف وقت طلب مشغلہ تھی۔ برسوں پہلے سکول کالج کے ساتھی چھوٹ گئے۔ گھر واپسی گویا قید و قید تھی۔ سگریٹ پر سگریٹ پیئے جاتا۔ ایش ٹرے راکھ اور سگریٹ ٹوٹوں سے بھر جاتے۔ ان گنت چائے کی پیالیاں حلق میں انڈیلتا رہتا۔ ماں باپ دروازے تک آتے لیکن خوف سے لوٹ جاتے کہ کہیں وہ کلیم کی پریشانیوں میں اضافہ نہ کر بیٹھیں۔

ان دنوں ایک عجیب سا واقعہ ہوا۔ اس کی پریشانی، اداسی، سوچ شاید اس کے چہرے پر کھنڈی رہتی تھی۔ اس لیے اداسی نے آمنہ کو اپنی طرف متوجہ کیا۔ آمنہ وسیم پڑھی لکھی، خود اعتماد اپنے راست خود بنانے والی مکالمے مناظرے، سوشل لائف کی شوقین لڑکی تھی۔ پڑھائیوں میں گولڈ میڈل لینے والی، مسابقت میں متحرک اور خوش رہنے والی، ہر جھاڑ جھنکار کو خود ارادیت کی درانتی سے کاٹنے والی آمنہ وسیم کے لئے کلیم احمد ایک بہت بڑا چیلنج تھا اور وہ چیلنج کی خوشبو سونگھ کر عربی گھوڑے کی طرح کنوتیاں اُٹھا سرپٹ بھاگنے کے لئے تیار ہو جاتی۔

وہ ایک ملٹی نیشنل کمپنی میں ہیومن ریسورس کی جنرل منیجر تھی۔ اور دو ایک میٹنگوں میں کلیم کے ساتھ والی سیٹ پر اُسے بیٹھنے کا اتفاق ہوا تھا۔ عام طور پر وہ میٹنگ میں سب سے زیادہ بولنے والی موٹیویٹڈ اپنا نکتہ نظر واضح طور پر پیش کرنے والی تھی لیکن اُس روز کلیم کے ساتھ والی سیٹ پر کہیں سے مامتا کی فریکونسی اُس پر وار کر گئی۔ پتہ نہیں یہ اُس کے پرفیوم کا اثر تھا جو کلیم نے لگا رکھا تھا، آفٹر شیو کی خوشبو تھی کہ اُس کی انگلیوں پر سگریٹ کے کتھئی نشان تھے یا پھر ہاتھ میں ہلکا سا ہلتا ہوا کپ لرز کر آمنہ کی نظر سے گزرا۔ بریک سے پہلے ہی آمنہ نے فیصلہ کیا کہ وہ کلیم کو بچا لے گی اور آمنہ وسیم فیصلے بدلنے والی جنس میں سے نہ تھی۔

لنچ بریک میں آپ میرے ساتھ لنچ کریں گے؟

کلیم ہکا بکا رہ گیا۔ جس نے دفتریلے لنچوں پر خواتین کی معیت میں ان گنت کھانے کھائے تھے لیکن یوں مردانہ وار کسی خاتون نے اُسے مدعو نہ کیا تھا۔

ایک شرط پر چلوں گا کلیم نے اُس کے آگے ہتھیار ڈالتے ہوئے کہا

شرط۔۔۔بتایئے

بل میں ادا کروں گا

اگر پہلے آپ مجھے مدعو کرتے تو اور معاملہ تھا لیکن اب تو میں آپ کو انوائٹ کر چکی ہوں

تھوڑی سی بحث چلی لیکن آمنہ وسی ماننے والی نہ تھی اُس کا سارا کیریئر گواہ تھا کہ وہ منوا کر رہتی ہے۔ جلد ہی کورٹ شپ کا عہد ختم ہو گیا۔ چٹ منگنی پٹ بیاہ۔ آمنہ وسیم نے کلیم احمد سے شادی کر لی۔ اس فیصلے کے عملی شاہد کارڈ کی تحریر پر درج تھا

Amna weds Kalim

کلیم کے والدین اس شادی میں بس تیاریوں تک شریک تھے۔ انہیں کسی طور پر کلیم کی اندرونی سوچوں میں داخل ہونے کی اجازت نہ تھی۔۔۔۔ یہ ایک بڑی ہی طوفانی شادی تھی۔ کلیم کونسی ٹائی پہنے گا؟ کس برانڈ کے سگریٹ پیئے گا۔ کون سی ہیلتھ فوڈ کھائے گا۔ سونے کے اوقات کیا ہوں گے، ٹیلی وژن کب دیکھا جائے، بند کس وقت ہو گا؟ کون سے پروگرام قابلِ دید ہیں اور کونسی فلموں کو دیکھنا ضروری ہے؟ کون کھانے پر آسکتا ہے اور کون پر نہیں مار سکتا؟ یہ ساری باتیں ہیومن ریسورس کی مینجر صاحبہ طے کرتی تھیں۔۔۔۔ کلیم کی پرسنل لائف صفر ہو چکی تھی۔ کبھی کبھی وہ دفتر سے سیدھا پارک میں چلا جاتا۔ یہاں پہنچ کر اُسے سوچوں کی گھمن گھیری میں خود اذیتی، اضطراب اور بے چینی سے لذت کے ٹیکے لگنے لگتے اور اس اذیت سے وہ نئی زندگی حاصل کر لیتا لیکن پارک میں اس طرح چوری جانا ہی ایک بڑے فل سٹاپ کا باعث بنا۔

اُس روز جب کلیم باغ سے لوٹا تو اُسے معلوم نہ تھا کہ اس کے کوٹ پر خزاں رسیدہ دو پتے چپکے ہوئے ہیں۔ وہ گھر پہنچا تو آمنہ برآمدے میں ٹہل رہی تھی۔ اس کے چہرے پر پنجرے میں بند شیرنی کا سا غصہ تھا۔

کہاں سے آرہے ہو؟

دفتر سے اور کہاں سے

میں آفس سے چھٹی لے کر آئی تھی لیکن تم گھر پر نہیں تھے۔ تمہارے سیل فون پر ملایا فون بند تھا

کام تھا بند کر دیا۔۔۔۔ یہ سیل فون کام نہیں کرنے دیتا ڈھنگ سے۔

کوٹ پر سے نارنجی مائل سبز پتے اُٹھا کر آمنہ نے اپنی ہتھیلی پر رکھے اور انہیں کلیم کی ناک کی طرف بڑھا کر پوچھا۔۔ اور دفتروں میں پتے بھی گرتے ہیں کوٹ پر اور پولن

بھی جھڑتا ہے دیواروں سے

وہ چپ ہو گیا

سنو کلیم۔۔۔میں ہر بات برداشت کر سکتی ہوں۔۔۔۔صرف جھوٹ برداشت نہیں کر سکتی۔۔۔۔میں نے نہ کبھی خود جھوٹ بولا ہے نہ کسی کا جھوٹ میں گوارا کرتی ہوں۔

کلیم کو اچانک احساس ہوا کہ اعمال کی جانچ پڑتال اسی دُنیا میں ہو جاتی ہے۔ جیسا کرو گے ویسا بھرو گے۔ کچھ روزِ حشر کی بات نہ تھی۔۔۔ سجیلہ کا حساب کتاب اُسے اسی دُنیا میں چکانا تھا۔ جتنی جلدی آمنہ وسیم نے خلع لی۔۔۔ اتنی دیر میں کلیم کو یہ سوچنے کا بھی موقع نہ ملا کہ اس بار قصور کس کا تھا؟

پارک میں شام دبے پاؤں اتر رہی تھی۔ جس سڑک سے وہ یہاں پہنچا وہاں ابھی شام کا احساس نہ ہوتا تھا بلکہ دھوپ میں سہ پہر کی سی کیفیت تھی۔ یہاں پہنچتے ہی اسے لگا گویا پارک نے اداسی کی ردا اوڑھ کر ادھر اُدھر آنسو بہانے شروع کر دیے۔

ہمیشہ کی طرح کلیم نے بلاوجہ سوچنا شروع کر دیا وہ ہمیشہ صرف ایک ہی کام کرتا آیا تھا۔۔۔ سوچنا۔۔۔۔ پھر سوچنا۔۔۔۔ اور اس کے بعد پھر سوچنا۔ لکڑی کی سبز بنچ پر بیٹھ کر اس نے دور تک نظر ڈالی۔ باغوں کے شوقین پارک سے رخصت ہو چکے تھے، لیکن دور ایک گول کیاری کے گرد تین چار بچے کلکاریاں مارتے ہنستے چلبلاتے ایک دوسرے کے پیچھے بھاگ رہے تھے۔۔۔۔ دور دور تک کوئی بیبی سٹر نہ تھا۔ شاید آج کے عہد میں بچوں کو اسی طرح اکیلے چھوڑ کر خود اعتماد زندگی کے لئے تیار کیا جاتا ہے۔۔۔ آسمان پر ڈار سے بچھڑا ہوا ایک کوا تیسری مرتبہ پر پھیلائے ہراساں چکر لگا رہا تھا۔ شاید وہ بھی گھر لوٹنے کے لئے کسی سہارے کا متلاشی تھا۔۔۔ کوئی ہادی کوئی رہنما کوئی راہرو۔۔ بچوں کی

کلکاریوں نے یک دم اس کی سوچ ساکت کر دی۔ اسے پتہ چلا کہ ہر سوچ، ہر چیز، ہر واقعہ ہر تعلق از خود بے معنی ہے، انسان کی سوچ کا رُخ ہی اسے معنی عطا کرتا ہے، وہ ساری زندگی خوشی کی تلاش میں گھومتا رہا تھا۔ یک دم اس پر بھید کھلا کہ خوشی کا گہرا تعلق دراصل ذمہ داری سے ہے یہ بچے خوش ہو سکتے ہیں خوش رہ سکتے ہیں۔ یہ اپنے لئے رتی بھر ذمہ دار نہیں، کلیم تو ساری عمر اپنے آپ کو یا کسی اور کو اپنی اداسی، اپنی ناآسودگی کے لئے ذمہ دار ٹھہراتا آیا تھا۔ کبھی وہ والدین کو موردِ الزام ٹھہراتا اور سوچتا۔۔۔ میرا ماحول ہی ایسا تھا۔ اماں کو گھر داری سے فرصت نہ تھی۔ ابا دفتر سے فائلیں اُٹھالاتا تھا۔ ان دونوں کو تو یہ تک علم نہ تھا کہ وہ کس کلاس میں تھا۔ فیل ہوا تھا کہ پاس۔۔۔ کلیم ماسٹروں کے خوف سے سکول سے بھاگ جایا کرتا یا مار کے باوجود ڈٹا رہتا تھا کبھی سی سا کی طرح وہ احساس جرم میں چلا جاتا۔ سوچتا میری جینیٹکس میں مسئلہ تھا ڈپریشن اینزائٹی کے جراثیم تھے جو مجھے ہر وقت اپنے اندر قید کر کے مجھے انٹروورٹ بنا دیتے کبھی اداسی کا رخ اپنی قسمت کی طرف موڑ دیتا، کسی کا کیا قصور؟ میری قسمت ہی ایسی تھی کہ میں سوچتا رہ گیا۔ سوچنا جہادِ نفس ضرور لیکن اس کے اندر کچھ سلجھا نہیں بلکہ ان سوچوں نے اسے اور پراگندہ خیال کر دیا۔۔۔ کبھی کبھی سوچ کی رسی پکڑ وہ اندھے کنویں سے نکلنے کی کوشش کرتا لیکن ہمیشہ ہاتھ چھوٹ جاتا اور وہ پھر اندر چکر لگاتا رہتا۔

بچوں کے آزاد قہقہے شام کو اجال رہے تھے۔۔۔ یک دم کلیم کو احساس ہوا کہ کہیں آسمان سے کچھ قطرے رحمت کی شکل میں اترے جیسے وہ کوئی ایسا پیالہ تھا جو اس کی ہر سوچ کو اجال گیا۔ کہیں سے آواز آئی احمق یہی وہ دو مونہا راستہ تو زندگی ہے جانتا نہیں فرشتہ نہ سوچتا ہے نہ جذبات بھگتتا ہے وہ تو بس جپ تپ کے لیے ہے کیے جاتا ہے عبادت کئے جاتا ہے۔۔۔ انسان اسی لیے دو راستوں کا مسافر ہے کہ وہ صاحبِ ادراک بھی ہے

بندہ احساس بھی۔۔۔ ہر مقام پر وہ خود فیصلہ کر سکتا ہے مورکھ اسی میں تو ساری فضیلت ہے کہ وہ کسی دباؤ سے نہیں کسی خوف سے نہیں آزادی سے اپنی راہ متعین کر سکتا ہے۔۔۔زندگی کا ہر لمحہ خوشی اور سرخوشی کا وقت ہے جو رونے دھونے، واویلا مچانے میں بھی گزر سکتا ہے۔۔ ہر گھڑی شکایت سے ٹکٹکاتی ہے ہر پہر خوشی سے جگمگاتا ہے۔۔۔بس وہ لوگ جو اپنی خوشی سے اپنی رضامندی سے اپنے ارادے سے اپنی ذمہ داری اوپر والے کو سونپ دیتے ہیں وہی بچوں کی طرح کھلکھلا سکتے ہیں۔ غم میں صبر کا ہاتھ تھام لینے سے نماز سے استعانت حاصل کرنے سے سوچ کی ضرورت نہیں پڑتی اور خوشی میں ہم جنسوں کی تکلیفوں میں شرکت کے باعث تم میں وہ چلبلاہٹ پیدا نہیں ہوتی جو متکبرین کا خاصہ ہے۔ سوچیں ذات سے وابستہ نہیں رہتیں۔ آپ کا بوجھ اپنے کندھوں پر نہیں رہتا۔۔۔ لیکن اس نے تو برسوں سے نہ صبر کی ڈوری پکڑی تھی نہ کبھی نماز ہی پڑھی تھی۔ اندر سے باہر تک بچوں کی آوازیں اس کے ساتھ آئیں آج وہ برسوں بعد بلا وجہ خوش تھا۔ دو بوند رحمتوں نے گویا اس کے اندر کے میل کچیل کو معجزاتی طور پر دھویا تھا۔ وہ جانتا تھا کہ وہ اپنے لیے ذمہ دار نہیں۔ ساری ذمہ داری اوپر والے کو سونپ کر وہ بچوں کی طرح خوش تھا۔

پارک کے باہر لوگوں کے چہرے شام کی طرح دھندلا رہے تھے۔ وہ اپنی لمبی سفید گاڑی کی طرف ہلکے پھلکے قدموں سے بڑھا۔ زندگی میں پہلی بار اسے احساس ہوا کہ وہ اللہ کی مہربانی سے زندگی کی دوڑ میں کچھ ایسا پیچھے بھی نہیں رہا۔ وہ ہمیشہ اپنے اوپر والوں کو دیکھنے کا عادی رہا تھا اس کی نظر ترقی کی دوڑ میں کبھی اپنے سے کم تر کی طرف جھکی ہی نہ تھی۔ اس نے چھوٹی گاڑی والوں، موٹر سائیکل سواروں، سائیکل برداروں کو در خود اعتنا ہی نہ سمجھا تھا۔ وہ تو بس اپنے سے بڑی گاڑیاں اپنے گھر سے زیادہ آراستہ بنگلے، اپنی بیوی

سے زیادہ اور خوبصورت عورتوں کو دیکھ کر حسد، لالچ، ہل من مزید کی آگ میں بھٹکتا رہا تھا۔

آہستہ آہستہ اپنی گاڑی کی طرف بڑھتا ہوا وہ خوشدلی سے مسکرا رہا تھا۔ گاڑی سے کچھ فاصلے پر پہنچ کر اس نے ریموٹ سے گاڑی کھولی۔ پھر ڈرائیور کے ساتھ والی سیٹ کو بڑے ادب سے کھول کر کہا، سر پلیز بیٹھ جایئے چند لمحوں بعد اس نے شکر گزاری کے ساتھ جھک کر کہا۔۔۔ مجھے معلوم ہو گیا ہے سر۔۔۔۔ جس سفر پر ہم آپ کو ساتھ لے کر کہیں چلتے وہ صحرائی سفر پیاسے ہی گزرتا ہے۔ عافیت اور راحت اسی میں ہے اللہ جی کہ آپ ہم سفر ہوں اور ساتھ والی سیٹ پر شریکِ سفر رہیں روڈ میپ آپ کے ہاتھ میں ہو فیصلے آپ کریں۔۔۔ ذمہ داری آپ کی ہو۔۔۔۔ لمبے سفر پر تو یہ اور بھی ضروری ہے کہ آپ ساتھ دیں۔۔۔ ورنہ سارا سفر منفی سوچوں کے حوالے ہی گزرے گا خوشی کا یہ نسخہ مجھے ایک مدت کے بعد ملا ہے شکریہ۔

(۲) رقص مقابر

زاہدہ حنا

انقلابِ زمانہ کا سفاک ہاتھ ماہ و سال کے رتھ پر چابک برساتا ہے اور یکساں رفتار سے چلتا ہوا رتھ تیزی سے دوڑنے لگتا ہے۔ نسلوں قوموں اور بستیوں کو اس کے پہیے روندتے چلے جاتے ہیں۔ ہر شے کو تہہ و بالا کرتے ہوئے ہر شہر کو وقفِ بلا کرتے ہوئے میلوں میل کا دائرہ رکھنے والے پتھر کے پیالے میں وقت کا رتھ دوڑ رہا ہے۔ تیز تیز تر۔ چہرے پگھل رہے ہیں۔ پشتون، ازبک، تاجک، ہزارہ، دھگان اور بنجارے اس آگ کا ایندھن۔

ایک ترک نوجوان، سبزہ خط آثار، ایرانی میناز طوروں میں نظر آنے والے لباس میں، سر پر پگڑی، بغل میں کتاب، کمر میں تلوار، اس پتھریلے پیالے کی گگر پر کھڑا ہے جو ہزاروں فٹ کی بلندی پر ہے وہ گردن گھماتا ہے اور اس طرف دیکھتا ہے جہاں آریانا ائیر لائینز کا طیارہ فضا کو چیرتا اور گرجتا ہوا اس پتھریلے پیالے کی سنگلاخ گگر سے چند سو گز اوپر گزر کر اس کے اندر اترنے کی تیاریاں کر رہا ہے۔ پہیے کھل رہے ہیں اور طیارے کے اندر بیٹھے تمام لوگوں کے اعصاب کھنچ رہے ہیں۔ طیارہ اس ترک نوجوان سے چند سو گز کے فاصلے سے گزرتا ہے۔ ہم دونوں کی نگاہیں چار ہوتی ہیں وہ مسکراتا ہے اور میں اخلاقاً مسکرانے کی کوشش کرتی ہوں جہاں زندگی اور موت میں بال برابر کا فاصلہ ہو وہاں کیسی ہنسی اور کہاں کا اخلاق۔

میری گھبراہٹ دیکھ کر وہ مسکراتا ہے۔ بغل میں دبی ہوئی کتاب نکالتا ہے اور اسے

میری نگاہوں کے سامنے لہراتا ہے۔

"یہ میرے لکھے ہوئے اوراقِ پریشاں ہیں۔ دن بھر دشمن کے تعاقب میں رہنے کے بعد جب میں پڑاؤ پر پہنچتا تو کبھی الاؤ اور کبھی مشعلوں کی روشنی میں انہیں لکھتا رہا" وہ اس کی ورق گردانی کرنے لگتا ہے، پھر وہ اسے بند کر دیتا ہے۔

"تم اب آئی ہو میں نے صدیوں پہلے اسی جگہ پر کھڑے ہو کر منہ اندھیرے طلوع ستارۂ سہیل دیکھا تھا، ایک عمدہ شگون اور پھر سورج طلوع ہوا تھا، ایک پُر جلال و پُر شکوہ وادی سونے کے رنگ میں رنگی گئی تھی۔

صدیوں پہلے مجھے ہنسی آجاتی ہے۔ ایک سے ایک بڑبولا پڑا ہے اس دُنیا میں۔

طیارہ پہاڑوں سے گھری ہوئی وادی کے اندر آگیا ہے پتھریلی گگر سے بہت نیچے اور تب یہ دیکھ کر میرے اوسان خطا ہو جاتے ہیں کہ وہ کہانیوں کے ہندہ سادھوؤں کی طرح ہوا میں تیرتا ہوا آتا ہے اور طیارے کے اس پنکھ پر بیٹھ جاتا ہے جو میری نشست سے کچھ ہی فاصلے پر ہے۔ مجھے رے بریڈبری کی ایک کہانی یاد آتی ہے۔ اس میں بھی ایک کردار طیارے کے پنکھ پر آن بیٹھا تھا۔ میں اپنی نشست کو مضبوطی سے تھام لیتی ہوں۔

میں نے پہلی مرتبہ اس شہر کو دیکھا تو یہ وہ زمانہ تھا جب میں قندز، بدخشاں، ہرات اور دریائے آمو کو بہت پیچھے چھوڑ آیا تھا۔ میں نے پہاڑوں کے اس عظیم دائرے میں تپتی ہوئی چٹانوں کے درمیان اس دریا کو بہتے دیکھا تھا۔ وہ انگلی کے ایک طرف اشارہ کرتا ہے۔ میں نہ چاہتے ہوئے بھی اس طرف دیکھتی ہوں۔ اس روز اس دریا کو دیکھ کر مجھے یوں محسوس ہوا تھا جیسے بہتی ہوئی چاندی کی ایک زنجیر ہے جو ان ہیبت ناک پہاڑوں کے پیروں میں پازیب بن گئی ہے اور چاندی کی اس زنجیر کے دونوں طرف سرسبز و شاداب مرغزاروں کے زمردیں ٹکڑے جڑے ہوئے ہیں۔ مجھے بتایا گیا تھا کہ یہ آدم کے قاتل

بیٹے قابیل کی سرزمین ہے اور اس کی سب سے بڑی خاصیت یہ ہے کہ کسی کی حکومت تا دیر برداشت نہیں کرتی۔

مرے سامنے کی قطار میں بیٹھی ہوئی ایک لحیم شحیم عورت جو اپنی وضع قطع سے سر سبز پنجاب کی لگ رہی ہے۔ کھڑکی کی طرف جھک کر نیچے دیکھتی ہے اور پھر ہائے ربا کہہ کر زور سے سینے پر دو ہتڑ مارتی ہے۔ اس کے برابر بیٹھا ہوا کیسری پگڑی والا سکھ نوجوان آہستہ سے اسے تسلی دیتا ہے۔ میں طیارے کے پنکھ پر بیٹھے ہوئے ترک نوجوان کو نظر انداز کرتے ہوئے نیچے کی طرف نظر کرتی ہوں۔ ہمارے طیارے سے چند سو فٹ نیچے شعلوں کی ایک چھتری سی تنی ہوئی ہے۔ میری ہتھیلیاں پسینے سے بھیگ جاتی ہیں۔

ترک نوجوان ہاتھ لہرا کر مجھے اپنی طرف متوجہ کر رہا ہے۔ میں جھنجلا جاتی ہوں۔ یہاں جان پر بنی ہوئی ہے اور یہ ایران توران کی ہانک رہا ہے۔ میں تو دلی سے آ رہی ہوں، میں نے منہ اندھیرے کسی طلوع ستارۂ سہیل کا نظارہ نہیں کیا کہ اسے نیک شگون جانوں۔ جہادِ ملت اسلامیہ کے لیے دوست ریاستہائے متحدہ امریکہ کا نادرِ روزگار تحفہ سٹنگر میزائل اور اسے ڈی زیک کرنے والے اینٹی اسٹنگر فلیئر ان کی لپک دیکھ کر سب ہی کے اوسان خطا ہیں۔ ہوس اقتدار کی چقماق سے گرنے والی کوئی بھی چنگاری کسی بھی لمحے آریانا ایئر لائینز کے اس طیارے کو جلا کر خاکستر کر سکتی ہے۔ طیارے کی فضا میں لتا منگیشکر کی مدھر آواز شاید ہماری حالت کا مذاق اُڑا رہی ہے۔ گنگا میا میں جب تک پانی رہے۔۔ مورے سجنا تری زندگانی رہے۔ یہاں کیا سجنی اور کیا سجنا سب کی جان پر بنی ہوئی ہے۔ ہماری یہ گائیکہ اس وقت بمبئی میں شاید ریاض کر رہی ہو یا کسی گانے کی ریکارڈنگ میں مصروف ہو، اسے بھلا کیا خبر کہ اگر سربلندیء ملتِ اسلامیہ کی خاطر گلبدین حکمت یار کے کسی مجاہد کا داغا ہوا کوئی میزائل طیارے کو آن لگے تو اس کی آواز سے بھرا ہوا

صرف ایک کیسٹ جل جائے گا لیکن ہم سب چشم زدن میں خاکستر۔ یوں جیسے شمشان گھاٹ میں چتا پھونک دی گئی ہو۔ مانا کہ اس طیارے میں دلی سے سوار ہونے والے افغانی، ہندوؤں اور سکھوں کی اکثریت ہے لیکن الحمد للہ کہ دس پانچ ہم جیسے مسلمان بھی ہیں۔ اجی ہٹاؤ بھلا اس سے کیا فرق پڑتا ہے کہ بعد از مرگ دفن ہوئے یا جلائے گئے۔ ابھی تو اندیشۂ مرگ سے ہی دم لبوں پر ہے۔ سب کی سانسیں رکی ہوئی، وقت کی گردش تھمی ہوئی۔

طیارے کے پہیے کابل ائیر پورٹ کی زمین کو چھو لیتے ہیں اور سب جیسے کسی طلسم سے آزاد ہو کر جی اُٹھتے ہیں۔

میں طیارے کے پنکھ کی طرف نظر کرتی ہوں۔ وہاں نہ کوئی ترک ہے نہ تاجک۔ وہی رے بریڈبری کی کہانی والا قصہ موت کا خوف کیسے کیسے سوانگ رچاتا ہے۔

ہوٹل انٹر کانٹی نینٹل کابل باغ بالا کی چوٹی پر سر اُٹھائے کھڑا ہے۔ کمرہ نمبر ۱۱۹ میں بیقراری سے اپنے بستر پر کروٹیں بدلتی ہوں اور پھر اُٹھ کر شیشے کی اس دیوار تک جاتی ہوں۔ جس سے کئی میل پرے نشیب میں کابل ائیر پورٹ کی فضائی پٹی نظر آرہی ہے۔ صبح کا ملگجا اجالا پھیل رہا ہے اور ان میں صنوبر اور بلوط کے اونچے اونچے پیڑ سبزے کی بکل مارے ساکت و سامت کھڑے ہیں۔ ہوا شاید ان کے شانوں پر سر رکھ کر سو گئی ہے۔ شیشے کی دیوار کے دائیں جانب چھدرا سا جنگل ہے۔

دل میں ٹیس سی اُٹھتی ہے۔ ہم نے خطوں میں کتنی آرزوئیں کی تھیں۔ کتنی بار مجھے کابل بلایا گیا تھا۔ کتنی ہی بار یہ پیام آیا تھا کہ ہمارے شہر آؤ تو مل کے سیر چمن کو چلیں گے۔ اس کے جنگلوں میں گھومنے کی اس کی سڑکوں پہ چلنے کی آرزو تھی۔ کابل یونیورسٹی کی روشوں پر ٹہلیں گے، خزاں جب پیڑوں کا لباس اُتارے گی تو ان مناظر کو دیکھیں گے

لیکن وقت اپنی چال چل گیا۔ اُس شہر کا وہ گھر جس میں کئی جوڑا آنکھیں میری منتظر تھیں، وہ گھر کہیں کھو گیا تھا۔ مکینوں نے مکان بدل لیا تھا۔ منتظر آنکھیں دُنیا کے میلے میں کہیں کھو گئیں تھیں۔ اپنا پتا اور نشان بھیجے بغیر۔ جرمنی، امریکا، انگلستان۔ ان محبوب ہاتھوں کی تحریریں صدیوں سے نہیں دیکھیں لیکن آقائے عبد الحیٔ حبیبی تو کہیں نہیں گئے ہوں گے اور مادام حبیبی جنہیں ان کے بچوں کی طرح میں بھی بوجان کہتی تھی۔ وہ بھلا کہاں گئی ہوں گی۔ میں انہی سے مل لوں، ان کی قدم بوسی کر لوں۔

کابل ائیر پورٹ پر اُترنے کے بعد سے رات ہونے تک میں آقائے حبیبی کے بارے میں ایک ایک سے پوچھتی رہی ہوں لیکن سب ہی نے اتنے اصرار سے نفی میں سر ہلایا کہ مجھے یقین آگیا ہے کہ یہ لوگ آقائے حبیبی کے پتے سے واقف ہیں۔ اور نہ ہونے کا سوال ہی پیدا نہیں ہوتا۔ جیسے کوئی الہٰ آباد میں پنڈت رگھو پتہ سہائے فراق گورکھ پوری کا پتہ پوچھے اور اس سے کہا جائے کہ ہم انہیں نہیں جانتے۔ میں نے اپنے کمرے میں ٹیلی فون ڈائریکٹری تلاش کی لیکن افغانستان میں اس نام کی کوئی چیز پائی نہیں جاتی۔ آپریٹر نے رئیس مجلس سنا (اسپیکر) محمود حبیبی کے گھر کا نمبر ملا دیا۔ محمود حبیبی اس خاندان کے بے حد قریبی رشتہ دار لیکن نام پہچاننے سے بھی انکاری۔ وہ مرغلرہ کو نہیں جانتے، انہوں نے حبیب اور میر دیس کا نام نہیں سنا۔ جب میں انہیں آقائے عبد الحیٔ سے ان کی رشتہ داری یاد دلاتی ہوں تو وہ غصے سے فون بند کر دیتے ہیں۔ کچھ تو ہے کہ جس کی پردہ داری ہے۔

ملک اور شہر جب دو مخالف اور متحارب کیمپوں میں بٹ جائیں، جب چچا، بھتیجے کے اور ماموں بھانجے کے خلاف ہتھیار اُٹھا رہا ہو۔ جب بھائی بھائی کی مخبری کر رہا ہو تو رئیس مجلسِ سنا کو ایک پاکستانی ادیب اور اخبار نویس کے ساتھ یہی سلوک کرنا چاہیئے۔ مانا کہ میں صدر افغانستان کی مہمان ہوں۔ لیکن بخدا آئی ایس آئی کی ایجنٹ بھی ہو سکتی ہوں یا ایم

آئی کی۔ اور جب براستہ دلی واپس کراچی پہنچوں گی تو یہود و ہنود کی ایجنٹ قرار پاؤں گی۔ ہیون سانگ اور فاہیان اور ابنِ بطوطہ ہمارے زمانے میں ہوتے تو دیکھتے کہ سی آئی اے یا کے جی بی کے ایجنٹ کیسے نہیں کہلاتے۔ ان دونوں کے لیے کام کرنے کے الزام سے بچ نکلتے تو انہیں "را" کا ایجنٹ ثابت کرنا تو بائیں ہاتھ کا کام تھا۔

کوئی ہولے سے کھنکارتا ہے۔ میں دہشت زدہ ہو کر پلٹتی ہوں۔ مقفل کمرے میں کوئی اندر کیسے آیا؟ میرا دل تیزی سے دھڑک رہا ہے۔ وہ ڈائننگ ٹیبل کے ساتھ والی کرسی کھینچ کر بیٹھ گیا ہے اور مسکراتے ہوئے مجھے دیکھ رہا ہے۔ وہی ترک نوجوان۔ لیکن وہ تو واہمہ تھا نظر کا فریب۔ تو پھر یہ کون ہے پتھریلی دیواروں سے گزر کر مجھ تک کیسے آپہنچا ہے؟ خیالوں کی یورش اندیشوں کی دوا و دوش۔

"دیواریں" وہ ہنستا ہے۔ "میرا راستہ تو فصیلیں اور دریا اور گہری کھائیاں نہیں روک سکی تھیں تو پھر اس دیوار کی کیا حقیقت ہے۔ وہ اپنی انگلیوں کو دیوار پر بجاتا ہے، بغل میں دبی ہوئی کتاب رائٹنگ ٹیبل پر رکھ دیتا ہے اور اب کمر سے بندھی ہوئی تلوار کھول رہا ہے۔ شاید میری گردن اڑانے والا ہے میری خطا؟ میرا قصور؟

"میں تمہیں بتاؤں جنگ کے دامن سے جدائی بندھی چلی آتی ہے۔ میں نے وہ جدائیاں بہت جھیلی ہی جن سے تم دل گرفتہ ہو اور میری وجہ سے ہزاروں، لاکھوں جدائی کے عذاب سے گزرے" اس کی آواز ملول ہو گئی۔

میں غور سے اسے دیکھتی ہوں۔ "تم عالم الغیب ہو؟"

وہ نفی میں سر ہلاتا ہے۔

"تو پھر یکے از رجال الغیب؟"

وہ مسکراتا ہے "میرے بارے میں جو جی چاہے فرض کر لو لیکن بس یہ ہے کہ میں

تھا، میں ہوں اور میں رہوں گا۔"

"یہ تو کچھ خدائی کی سی دعویداری کا معاملہ ہے۔" میں ابرو اُٹھا کر اسے دیکھتی ہوں۔

"میں روح زمانہ ہوں جو کبھی ایک اور کبھی دوسرے نام میں قیام کرتی ہے۔"

"تو اے روح زمانہ ان دنوں تم کس نام میں قائم ہو؟" مجھے اب اس کی باتوں میں لطف آرہا ہے۔

"تو تم کیا واقعی ابھی تک نہیں پہچانیں؟" اس کی آواز میں حیرت ہے "کل میں روزانہ کی دھواں دھوں سے بیزار ہو کر ذرا سیر کو نکلا تھا کہ تمہارے ہوا پیما پر نظر پڑی۔ اس ہجوم میں بس تم ہی تھیں جو مجھے جانتی تھیں، اس لیے تم سے کلام کیا۔"

میں اسے غور سے دیکھتی ہوں۔ کھنچی ہوئی غلافی آنکھیں، نکیلی ٹھوڑی۔ "ہاں شاید تمہیں کہیں دیکھا تو ہے" میں جھینپ جاتی ہوں۔ وہ ایک گہرا سانس لیتا ہے اور پھر میز پر رکھی ہوئی کتاب اُٹھاتا ہے اور میرے سامنے لہراتا ہے۔" تم نے تو اسے کئی بار پڑھا ہے۔"

لیجئے صاحب اسے کہتے ہیں مان نہ مان میں تیرا مہمان ابھی جناب کا دعویٰ روحِ زمانہ ہونے کا تھا اب شکایت اس کی ہے کہ میں انہیں پہچان کیوں نہیں رہی اور اس پر بھی اصرار ہے کہ میں نے ان کی کتاب کئی بات پڑھی ہے۔ یہ تو اپنی پوشاک، پگڑی اور پاپوش سمیت آنکھوں میں گھسے آتے ہیں۔ مجھے ہنسی آجاتی ہے۔ جھوٹے کو گھر تک چھوڑ کر آنا چاہیئے۔ میں ہاتھ بڑھا کر وہ کتاب اُٹھا لیتی ہوں جس پر مراکشی چمڑے کی جلد ہے۔ میں اسے کھولتی ہوں، اس فارسی مخطوطے کا ہر صفحہ مطلا اور ہر صفحہ مذہب ہے۔ پہلی سطر پر میری نظر پڑتی ہے

"در سنہ ہشت صد و نود و نہ، در ولایت فرغانہ سن دوازدہ سالگی پادشاہ شدم"

میری انگلیاں لرزنے لگتی ہیں۔ ناممکن۔ میں نگاہیں اٹھاتی ہوں۔ میرے سامنے اس وقت کا محمد ظہیر الدین بابر مسکرا رہا ہے جب اس نے "بادشاہ" کا لقب اختیار نہیں کیا تھا اور میرے ہاتھوں میں بابر نامہ ہے۔

"توزک میں نے ترکی میں لکھی تھی یہ اس کا فارسی ترجمہ ہے جسے عبدالرحیم خان خاناں نے برائے خوشنودی پادشاہ محمد جلال الدین اکبر نے بہ قلم خود نقل کیا۔" وہ میری حیرت سے لطف اندوز ہو رہا ہے، اسی لمحے دروازے پہ دستک ہوتی ہے۔ روحِ زمانہ پل چھن میں آنکھوں سے اوجھل۔ نہ شمشیر، نہ کتاب میں غرق در حیرت آب۔

دستک دوبارہ ہوتی ہے۔ اب کہیں محمد جلال الدین اکبر یا محمد نور الدین جہانگیر نہ چلے آتے ہوں۔ میں جھجکتے ہوئے دروازہ کھولتی ہوں۔

سامنے کسی روح زمانہ یا رجال الغیب کی بجائے گوشت پوست کا بیل بوائے کھڑا ہے

"خانم جاکت و دامن ولباس روز"

ہینگر پر میرے استری شدہ کپڑے

ایک ڈالر کے نوٹ کی ایک ہاتھ سے دوسرے ہاتھ میں منتقلی

متشکرم متشکرم

ارگ۔ پریزیڈینشل پیلس۔ ایک پُر شکوہ پتھریلی عمارت۔ راہداریوں سے گزر کر کمرہء ملاقات

شوروی جا چکے۔ جنیوا معاہدہ ہو چکا۔ اس معاہدے کی قیمت پاکستانی وزیرِ اعظم نے جونیجو معزولی کی شکل میں ادا کی اور آمر جنرل ضیاء الحق نے جان کی صورت۔

میں جنرل نجیب کی گہری اور پر سکون آنکھوں میں جھانکتی ہوں۔ اس شخص سے کیسی کیسی کہانیاں وابستہ ہیں۔ خاد کا سربراہ زندانِ پل چرخی کے عقوبت خانے میں اس کے

حکم کے بغیر پتہ نہیں ہلتا تھا۔ کیا سچ ہے اور کیا جھوٹ ؟ لیکن جس بات کو کوئی نہیں جھٹلا سکتا وہ یہ ہے کہ اس شخص نے امریکیوں اور روسیوں پاکستانیوں سبھی کے اندازے الٹ کر رکھ دیے ہیں۔ دنیا میں روزانہ اس کی حکومت کتے خاتمہ کا مژدہ سنایا جاتا ہے اور یہ ہے کہ اپنی کرسی پر جما بیٹھا ہے۔

میرے کانوں میں روحِ زمانہ کی آواز گونجتی ہے یہ سرزمین قابیل ہے آدم کے قاتل بیٹے کی بسائی ہوئی۔ شاید اسی لیے اس کی خاصیت ہو چکی ہے کہ تا دیر کسی کی حکومت برداشت نہیں کرتی۔ جنرل نجیب کو یہ زمین نہ جانے کب تک برداشت کرے۔

نجیب ترجمان کے ذریعے باتیں کرتے کرتے اچانک اردو بولنے لگتے ہیں۔ ان کی جوانی پشاور کے گلی کوچوں میں گزری ہے وہ اپنے کالج کے ساتھیوں کو سیاسی دوستوں کو یاد کر رہے ہیں۔ پشاور کے بازار اور کراچی کی گلیاں نجیب کی آنکھوں میں جاگنے لگتی ہیں۔ فیض کے اشعار میں اسی شخص کو دیکھتی ہوں، یہی ہے جو اس گھر کا نام ونشان بتا سکتا ہے، جس کا راستہ مجھے کوئی نہیں بتاتا۔ شاید میرا سوال پروٹوکول کے اعتبار سے مناسب نہ ہو۔ شاید اس گھر نے ترہ کئی، امین، ببرک کارمل اور نجیب کی سیاست سے اختلاف کیا ہو۔ شاید اس گھر کے کسی بیٹے کی چیخیں بھی زندان پل چرخی میں گونجی ہوں۔ خوف کا ایک لحظہ ہچکچاہٹ کی ایک ساعت لیکن دل کے رشتے کسی زندان، کسی بندی خانے کو نہیں جانتے۔

میں اپنی فنجان پر ایک نظر ڈالتی ہوں جو خالی ہو چکی ہے اور جس کی تہہ میں چائے کی چند پتیاں رہ گئی ہیں۔ کسی پیالی کی تہہ میں رہ جانے والی پتیوں سے کیا واقعی تقدیر پڑھی جا سکتی ہے ؟

اور میں اس شخص کے بارے میں پوچھ بیٹھتی ہوں جو پشتو دانش وادب کی آبرو تھا، جس کے نام کے بغیر پشتو ادب اور افغان دانش کا تذکرہ مکمل نہیں ہوتا۔ جس نے اپنی

زندگی کے سنہرے سال جلا وطنی میں گزارے۔ دانش گاہ پنجاب کی مرتب کردہ دائرہ المعارف اسلامیہ میں جس کی تحریریں شامل ہیں۔ جس کے گھر کا عشق آج بھی دل میں پہلے دن کی طرح راسخ ہے ایک ایسا گھر جس کے کسی بھی فرد کو میں نے ۲۸ برس سے نہیں دیکھا۔

نجیب کی آنکھیں میری آنکھوں میں گڑی ہوئی ہیں "یہ سوال شاید آپ نے کسی اور سے بھی کیا تھا۔

اب جو ہو سو ہو" جی ہاں میں افسر مہمانداری عباس کرگر اور کئی دوسروں سے بھی یہی سوال کر چکی ہوں"

ہم دونوں کی آنکھیں ایک دوسرے کو تول رہی ہیں۔

ایک گہرا سانس اور پھر جھکی ہوئی نگاہوں کے ساتھ جنرل نجیب اپنے سامنے رکھی ہوئی پنسل سے کھیلنے لگتے ہیں "آقائے عبدالحیٔ حبیبی کے خاندان میں سے اب کوئی بھی کابل میں نہیں ہے"

مجھے صدر افغانستان کی باتوں پر اعتبار نہیں آتا۔ یہ کیسے ممکن ہے کہ بوجان نے وہ شہر چھوڑ دیا ہو۔ جس پر وہ ہزار جان سے عاشق تھیں، جس کا نام لیتے ہی ان کی آنکھوں سے آنسوؤں کی جھڑی لگ جاتی تھی۔

اور یہ بات پانچ برس بعد کراچی میریٹ میں بیٹھے ہوئے ان کے سب سے چھوٹے بیٹے خوشحال حبیبی نے بتائی کہ میرا یقین درست تھا۔ جب میں کابل میں ان کے گھر کا راستہ ڈھونڈ رہی تھی اس وقت وہ کابل میں ہی موجود تھیں، آقائے عبدالحیٔ حبیبی ختم ہو چکے تھے۔ چاروں بچے افغانستان سے باہر تھے پُر امن زمینوں میں لیکن وہ کابل میں تھیں تنہا۔ اکیلی اور جب ان کے بیٹوں نے انہیں بہ اصرار اپنے اپنے پاس بُلانا چاہا اور وہ کسی نہ کسی

طور پر سرحد عبور کر کے پشاور میں اپنے ایک رشتہ دار کے پاس پہنچائی گئیں تو اسی رات ختم ہو گئیں اور اب پشاور کے کسی قبرستان میں سوتی ہیں۔ ان کے آخری دنوں میں ان کی اولاد ان کے پاس نہ تھی اور انہوں نے دس برس سے کسی کو بھی نہیں دیکھا تھا۔ خوشحال حبیبی آئی یو سی این کی کسی کانفرنس میں شرکت کے لیے کراچی آیا تھا اور کسی نہ کسی طرح میرا فون نمبر حاصل کرنے میں کامیاب ہو گیا تھا۔

ببو جان تم جو ستر پچھتر برس کی ایک فراق زدہ عورت تھیں۔ جس کی جوانی اپنی ماں ،اپنے بھائیوں اور بہنوں سے اور کابل سے جدائی کے غم میں آنسو بہاتے بسر ہوئی، جس کا بڑھاپا اپنے بچوں کے فراق میں تڑپتے اور خون روتے گزرا ہو گا۔ تم سے اگر میں گھڑی گھنٹہ مل لیتی تو کون سی قیامت آجاتی؟ لیکن ببو جان رموزِ مملکت خسرواں دانند اور خسرو اپنے پہلو میں دل نہیں رکھتے اور شاید دنیا کی بیشتر عورتوں کے دلوں کا اپنے پیاروں اور اپنے شہروں کی جدائی سے دولخت رہنا ہی ان کا مقدر رہے۔

افغانستان کی لتا منگیشکر، نغمہ گل کی دلدوز آواز کابل انٹر کانٹی نینٹل میں پامیر کلب کے درودیوار کے بوسے لے رہی ہے۔

"کابل تو تباہ نہیں ہوا
کابل تو تباہ نہیں ہوا
کابل تیری گلیوں کے سامنے ساری گلیاں ہیچ
کابل میں کہیں بھی رہوں لوٹ کر تیری گلیوں میں آؤں گی"

نغمہ گل کی آواز گلو گیر ہے اور سننے والے دل گرفتہ۔ فراق رشتوں سے، جدائی شہروں سے وہ جنہیں جنگ اور سیاست اپنے گھروں سے نوچ کر اجنبی بستیوں کی طرف اچھال دے وہ بھلا کب لوٹ کر سہسرام اور دلی اور کابل کی گلیوں میں واپس آئے ہیں۔

آوارگانِ عشق کا پوچھا جو میں نشاں
اک مشتِ خاک لے کے صبا نے اُڑا دیا

ٹیلی وژن سکرین پر کابل کے ایک چوک میں کھمبے سے جھولتے ہوئے جنرل نجیب کا خون آلود چہرہ اپنی جھلک دکھاتا ہے۔ پھریرے بن کے میرے تن بدن کی دھجیاں، شہر کے دیار و در کو رنگ پہنانے لگیں، پر نکل آئے ہوس ناکوں کے رقصاں طائفے، درد مند عشق پر ٹھٹھے لگانے کے لیے۔۔۔ وہ جس کے زمانے میں کابل خون میں نہیں نہایا تھا، اسی نے کابل میں اپنے خون سے وضو کیا۔ وہ جس نے امریکیوں کے سامنے ہتھیار نہیں ڈالے تھے اسی کے منہ میں ڈالر ٹھونسے جا رہے ہیں۔ وحشی چہروں والے اس کے بے جان بدن کی بے حرمتی کر رہے ہیں قہقہے لگا رہے ہیں۔ "آدم کے قاتل بیٹے کی بسائی ہوئی بستی کسی کی حکومت تا دیر برداشت نہیں کرتی" روحِ زمانہ کی آواز کسی پُر شور موج کی طرح آتی ہے اور گزر جاتی ہے۔

میری نگاہوں میں پریزیڈنشل پیلس کا وہ کمرہ گھوم جاتا ہے جس میں ہم نے باتیں کی تھیں۔ ہماری تصویریں کھنچی تھیں تصویریں رہ جاتی ہیں۔ تصویروں والے دار پر کھینچ دیے جاتے ہیں۔ خاک میں ملا دیے جاتے ہیں۔

تو اب یہ سرزمیں نئے آنے والوں کو کتنے دنوں برداشت کرے گی، کتنے بے گناہوں کا لہو ابھی اس سرزمین کو اور سیراب کرے گا۔

کابل میں ہر طرف طالبان کے "امن" پرچم لہرا رہے ہیں۔ وہ سفید جھنڈے جن پر خون کے دھبوں کے درمیان اب کہیں کہیں سفیدی رہ گئی ہے۔

لوگ سولیں پر لٹکائے جا رہے ہیں۔ عورتیں اور مرد سنگسار ہو رہے ہیں۔ بوڑھوں کو ان کی داڑھیوں سے پکڑ کر لاٹھیوں اور چابکوں سے مسجدوں کی طرف دھکیلا جا رہا ہے۔

" ۱۹۲۴ میں جہنمی امیر امان اللہ خان نے عورتوں کو گھروں سے نکالا تھا ہم نے اس ملعون کی اور کے بعد آنے والے تمام ملاحدہ کی شریعت منسوخ کی۔ عورتیں حجروں میں پیدا ہوں گی اور ان ہی میں زندگی گزار کر اپنے گھروں کے آنگنوں میں دفن کر دی جائیں گی۔ علم انہیں گمراہ کرتا ہے، بے باک اور گستاخ کرتا ہے اور مردوں کے لیے بھی یہ ہم طے کریں گے کہ وہ کیا پڑھیں گے اور کیا نہیں۔ ہم خود علم کا خزینہ، علم کا دفینہ ہیں۔ یہ فرنگی اور شوردی ہمیں کیا علم سکھائیں گے؟

جلا دو جلا دو کتابوں کو جلا دو، گرا دو تہذیبِ افرنگ کی ہر نشانی گرا دو۔ کھرچ دو کھرچ دو ہر تصویر کو ہر تحریر کو کھرچ دو۔ کچل دو ہر ساز کو ہر آواز کو کچل دو۔ موسیقی حرام ہے اور مصوری شرک، ٹیلی وژن شیطان کا چرخہ۔ گھر گھر بت کدے ہیں۔

اگر چہ بت ہیں جماعت کی آستینوں میں
مجھے ہے حکمِ اذاں لا الٰہ الا اللہ

" یا امیر المومنین ملا عمر۔ اسلحہ امریکی ہے اور گولہ بارود بھی فراہنگی "

" ان گستاخوں کی زبان گدی سے کھینچ لی جائے۔ انہیں پل چرخی کے زندان میں بند کیا جائے۔ ہم کفار کو تہس نہس کرنے آئے ہیں اور ہمیں اسلحہ چاہیئے خواہ وہ افرنگی ہو یا امریکی "

" یا امیر المومنین لیکن مولوی ربانی اور احمد شاہ مسعود بھی کلمہ گو ہیں "

وہ دشمنانِ دین، دشمنانِ اسلام ہیں۔ ہم اسی کی جاں بخشی کریں گے جو ہماری سربراہی تسلیم کرے۔ "

اس دور کے ملا ہیں کیوں ننگِ مسلمانی؟ ایک اور موجِ خوں کابل کے سر سے گزر رہی ہے دُنیا بھر میں سوالوں کا ایک ہجوم ہے " یہ کون ہیں کہاں سے آئے ہیں؟ کون ہے

ان کے پیچھے ؟

"یہ میرے بچے ہیں۔ میرے پیروکار۔ ہمارے مدرسوں کے پالے ہوئے ، ہماری تربیت گاہوں کے ڈھالے ہوئے۔

ایک ہوں مسلم حرم کی پاسبانی کے لیے
نیل کے ساحل سے لیکر تا بہ خاکِ کاشغر

ہم نے طالبان کی شکل میں اللہ کی فوج بنائی ہے اللہ کی فوج"

"لیکن جنرل صاحب خادمین حرمین شریفین نے خلیج کی جنگ میں امریکی اور فرنگی فوج بلائی تھی۔"

"کون ہے یہ غدار؟ یہود وہنود کا ایجنٹ؟"

"حضور ہمارے یہاں حبِ وطن کا ٹینڈر کب تک صرف حاضر اور سابق جرنیل بھرتے رہیں گے ؟"

"ارے کوئی ہے جو اس بد بخت کی زبان گدی سے کھینچ لے اور کراچی کے کسی عقوبت خانے میں رکھے"

سفاک چہرے والا ایک قابوچی چھڑی بغل میں دبائے ٹہل رہا ہے۔ خاکی لباس، شانوں پر ستارے جھلملا رہے ہیں۔ آواز کہیں دور سے آتی ہے۔ ہم اپنے صف شکنوں کو سلام کرتے ہیں۔ ہم اپنے صف شکنوں کو سلام کرتے ہیں۔ سفاک چہرے پر ایک آسودہ مسکراہٹ "شاعر ہمیں خراج دیتے ہیں لفظوں کا خراج اور یہ ملعون یہ بد بخت۔ گندی نالی کے یہ کیڑے۔ یہ اخبار نویس ہم سے سوال کرتے ہیں؟ ہم سے ؟۔۔۔ پادشاہ ہندوستان محمد ظہیر الدین کا ہم نام اپنے دانت پیستا ہے۔

"بابر۔۔۔ باہر کراچی کے کسی عقوبت خانے میں اذیتیں سہتا ہوا کوئی نوجوان چیختا

ہے۔

" ایسے میں اچانک وہ نمودار ہو جاتا ہے، وہ جو آریانا افغان کے طیارے کے پنکھ پر بیٹھا باتیں کر رہا تھا اور پھر کابل انٹر کانٹی نینٹل میں آن پہنچا تھا۔ کمر میں تلوار ہے اور ہاتھ میں توزک، عبا کا دامن ہوا سے لہرا رہا ہے۔

"کسی نے مجھے پکارا" ترچھی آنکھیں مجھے غور سے دیکھتی ہیں۔

"نہیں تمہیں نہیں تمہارے کیری کیچر کو۔۔۔" میں خاکی وردی والے کی طرف اشارہ کرتی ہوں جو ٹیلی وژن اسکرین پر کف در دہن چیخ رہا ہے۔ "طالبان مسلم امہ کی جنگ لڑ رہے ہیں۔ مسلم امہ کی جنگ"

"یہ پرانے زمانے میں ہوتا تو اسے سپاہی بھی بھرتی نہ کرتا۔ تاریخ میں منادی کر دی جائے۔ ہاں تاریخ میں منادی کر دی جائے کہ من کہ محمد ظہیر الدین بابر میں نے کبھی اس طرح اپنے لوگوں پر ستم نہیں توڑے میں نے کبھی اپنے شہر نہیں اُجاڑے اپنے ہی لوگوں کے قاتلوں اور اپنے ہی شہروں کو اجاڑنے والے بابروں سے میرے خاندان کا کوئی علاقہ نہیں۔ ہمارے یہاں ممتاز محل تھی۔ جس نے ایک بیٹا غلط جن دیا تھا اور اس کی قیمت سارے خاندان نے رائیگاں ہو کر اور بے نام ونشاں ہو کر ادا کی"

ٹیلی وژن سکرین پر اب مس ورلڈ ایشوریا رائے اپنا جلوہ دکھا رہی ہے۔ ایسان دولت بیگم کا نواسہ اور نگار خانم مغل صدر بیگم کا بیٹا بابر بہ عیش کوش کہ عالم دوبارہ نیست گنگناتا ہوا اس طرف متوجہ ہے۔

کہ عالم دوبارہ نیست کہ عالم دوبارہ نیست۔ مس ورلڈ اپنی جھلک دکھا کر غروب ہو جاتی ہے۔ پان پراگ کا اشتہار۔

بابر کی آنکھوں میں گزرے ہوئے دنوں کی دھند۔۔۔ "بہ خالِ ہندوش بخشم سمرقند

وبخارا۔۔۔۔ اسے دیکھ کر مجھے اپنی ہم زاد معصومہ سلطان کی یاد آئی۔ درِ شہوار درِ آبدار تھی۔ میری منکوحہ میری محبوبہ ہرات میں دیکھا تھا اسے اور دل ہار بیٹھا تھا زندگی نے اس سے وفا نہ کی" وہ ایک آہ بھرتا ہے۔

اشتہاروں کے بعد ٹیلی وژن پر زی نیوز کا سلسلہ پھر شروع ہو گیا ہے۔ سکرین دراز داڑھیوں اور سفاک چہروں سے بھرا ہوا۔ تسبیح کے دانے شمار کرنے والی انگلیاں گولے اور میزائل داغ رہی ہیں۔ توپوں کی نالیں شعلے اُگل رہی ہیں۔ الجہاد الجہاد الجہاد۔۔۔۔ الامان الامان الامان۔۔۔۔ لوگ بھاگ رہے ہیں۔ گرتے پڑتے ٹھوکریں کھاتے گردنوں میں دربدری کے طوق لٹکے ہوئے۔ آنکھوں میں ویرانیوں اور وحشتوں کے الاؤ جلتے ہوئے شہر اور دیہات کھیت اور باغات بارودی سرنگوں سے اٹے ہوئے۔ ہماری عظیم طاقتوں کی ایجادوں کی کہیں داد ہے نہ فریاد۔ بچے باپ سے محروم، ماؤں سے بچھڑے ہوئے۔ کسی کا ہاتھ ندارد کسی کی ٹانگیں اڑی ہوئیں۔ میری نگاہوں میں اندرا گاندھی انسٹی ٹیوٹ آف چائلڈ ہیلتھ کابل کے وہ وارڈ گھوم جاتے ہیں جہاں میں نے ان سینکڑوں معذور بچوں کو دیکھا تھا جو لینڈ مائینز اور بلائینڈ راکٹوں کا شکار ہوئے۔ سوراخ دار ہڈیاں، کھوپڑیاں چٹخی ہوئیں کسی کے دونوں ہاتھ کسی کے دونوں پیر کٹے ہوئے۔ یہ جوئے خوں ہے یہ جوئے خوں ہے۔ چار برس سے ادھر اور ادھر دونوں طرف دعویٰ نفاذ اسلام کا۔ دونوں اپنے مقتولین کو شہید کہنے پر مصر۔ دونوں ایک دوسرے کے مقتولین کو جہنم واصل کرنے کی لذت سے سرشار قاتل بھی کلمہ گو مقتول بھی۔ دونوں کے صنم خاکی دونوں کے صنم فانی، اس دور کے ملاہیں کیوں ننگِ مسلمانی؟

ہم سے کہا گیا تھا

سبق پھر پڑھ صداقت کا عدالت کا شجاعت کا

لیا جائے گا تجھ سے کام دُنیا کی امامت کا

تو اب ہم ہی امام ہم ہی امیر المومنین تم جب تک ہمیں تسلیم نہیں کرتے ہماری تعظیم نہیں کرتے۔ جنگ جاری ہے جاری رہے گی کشتوں کے پشتے لگتے رہیں گے، شہر جلتے رہیں گے، انسان پگھلتے رہیں گے الجہاد الجہاد

"کیسا جہاد ؟ کہاں کا جہاد ؟ محض فریبِ نفس، خواہشِ اقتدار۔" روحِ زمانہ محمد ظہیر الدین بابر کے وجود میں بل کھاتی ہے۔ سعدی شیرازی نے کہا تھا" وہ درویش در گلیمے بہ خسپند و دو بادشاہ اقلیمے نہ گجند" سعدی کے کہنے کے مطابق دس درویش ایک کمبل پر سو سکتے ہیں لیکن دو بادشاہ ایک مملکت میں سانس نہیں لے سکتے تو یہ کیسے درویش ہیں جنہیں اپنے سوا کوئی دوسرا گوارا نہیں ؟

روحِ زمانہ کف در دہن ہے اور کھلی ہوئی کھڑکیوں سے آتی ہوئی تیز سمندری ہوا میں توزک بابری کے ورق پھڑ پھڑا رہے ہیں۔

سکرین پر سے تصویریں جو پل بھر کے لیے غائب ہو گئیں تھیں پھر ابھر آئیں۔

منادی ہو رہی ہے۔ گلی گلی گھر گھر۔ عورتیں گھروں میں رہیں گی۔ سڑک پر ان کا سایہ بھی نظر نہ آئے۔ قدم باہر نکالنے والیوں کو شرعی سزائیں دی جائیں گی۔ عورتوں پر شیطان کا سایہ ہے سو انہیں گھروں میں رکھو۔ کسی اخبار میں ان کی تصویر نہ چھپے۔ کسی سکول یا مدرسے کی طرف ان کے قدم نہ اُٹھیں۔ ٹانگیں توڑ دی جائیں گی، پیر کاٹ دیے جائیں گے بیواؤں کے گھروں میں فاقے ہوا کریں۔ بے باپ کے بچے لاچار ماؤں کی گودوں میں بھوکوں مریں۔ نفاذِ شریعہ فاقے اور بھوک اور موت پر مقدم ہے۔

محمد ظہیر الدین بابر جو ایک دیوان پر آلتی پالتی مارے بیٹھا ہے آہ سرد بھرتا ہے" ان سے اچھے تو ہم تھے جو سربلندیء اسلام کے لیے نہیں اپنی امارت و بادشاہت کے لیے

لڑتے تھے۔ میں نے جو ابراہیم لودھی کی سلطنت چھینی تھی تو کون سی خدمتِ اسلام انجام دی تھی۔ ہاں جب کفار کے ملک فتح کرتے تو کچھ فائدہ دین مبین کا بھی ہو جاتا۔ ہم نمازیں ادا کرتے مسجدیں بناتے شراب پیتے اور اپنے اردو میں اکثر اپنی ماؤں اور بیویوں کو ساتھ رکھتے تھے۔ میری شیر دل نانی ایسان دولت بیگم میرے تن آسان باپ کے محل اور ملک کا سارا انتظام، میری منتظم ماں نگار خانم المعروف بہ مغل صدر بیگم اپنے ہاتھوں سے کرتی تھی لکھنا جانتی تھی اور شعراء کے کلام سے لطف اندوز ہوتی۔ میری بہن خانزادہ بیگم میری سوتیلی نانی شاہ بیگم، میری سوتیلی خالہ مہر نگار چغتائی میری افغان بی بی مبارکہ بیگم، ماہم خانم سبحان اللہ کیا عورتیں تھیں۔ میدان میں ہوتیں تو گھوڑوں پر سواری کرتیں، قیامت کی تیر انداز، تلوار چلاتیں جانوروں کو اور وقت پڑے تو دشمنوں کا شکار کرتیں۔ خیموں میں ہماری ناز برداری کرتیں۔ شعر خوانی میں حصہ لیتیں۔ داستان سرائی کرتیں، کتابیں لکھتیں، میری بیٹی گلبدن بیگم نے ہمایوں نامہ لکھا جس کی دھوم سارے جہان میں ہے۔ میری پوت بہو نور جہاں بانو بیگم نے سارے ہندوستان پر فرمانروائی کی۔ ٹکسال میں اس کے نام کا سکہ ضرب ہوا، میری سگو پوتی زیب النساء مخفی صاحبِ دیوان ہوئی۔ یہ عورتیں جن کا خمیر سمرقند و بخارا سے بلخ و بامیان سے اور کابل و قندھار سے اُٹھا تھا اور جو صدیوں پہلے گزر گئیں کیسے کیسے کام کر گئیں اور یہ بد بخت جنہوں نے کابل پر یلغار کی اس کی عورتوں کو زندہ در گور کیے دیتے ہیں۔"

کسی وومن ایکٹیوسٹ کی نک سک سے درست تقریر۔

"میں جا رہا ہوں" وہ یکایک کھڑا ہو جاتا ہے

"اب کہاں کا سفر در پیش ہے؟"

"میں ہندوستان کا بادشاہ آگرے میں اماناً دفن ہوا اور جب میرا فرزند اپنے دشمن

شیر شاہ سوری کے ہاتھوں در بدر تھا تب میری بیگم بی بی مبارکہ نے آگرہ آکر شیر خان سے مطالبہ کیا کہ وہ میری باقیات بہ حفاظت بہ راستہ درۂ خیبر کابل لے جانے کے انتظامات کرے۔ شیر خان نے اپنے دشمن کے باپ کی باقیات کو تکریم واحترام کے ساتھ ہندوستان سے روانہ کیا اور میں نے بالا حصار کی بلندیوں پر کابل کی خاک میں آرام کیا۔ میرے گھر کو "رحلت گاہِ بابر" کے نام سے یاد کیا جاتا ہے۔ میں وہیں رہتا ہوں جا رہا ہوں۔ وہ کابل جو شوردی افواج کی موجودگی میں محفوظ رہا تھا، نجیب کی عملداری میں جس کی سڑکیں اور بازار آباد تھے زندہ تھے، وہی کابل ان کے ہاتھوں لوٹا گیا اور لٹ گیا جو ہاتھوں پر قرآن اُٹھائے ہوئے اس میں داخل ہوئے تھے۔ میری ہڈیاں اس خاک میں آسودہ ہیں۔ یہ درست ہے کہ میری رحلت گاہ کے مرمریں ستون گولیوں سے چھلنی ہوئے اور لوحِ مزار چھل گئی لیکن وہ ہے تو میری آرام گاہ۔ میں وہاں نہیں تو اور کہاں جاؤں گا" وہ ایک آہ بھرتا ہے اور چلا جاتا ہے۔

میلوں میل دائرہ رکھنے والے پہاڑوں کے پیالوں میں ہوسِ اقتدار کے چقماق سے چنگاریاں گر رہی ہیں اور کابل جل رہا ہے۔ پشتون، ازبک اور تاجک ہزارہ دہگان اور بنجارے عورتیں بچے اور مرد اس آگ کا ایندھن۔

بامیان میں نصب بدھ کا بلند ترین بت لڑکھڑاتا ہوا اپنی جگہ سے اتر آیا ہے۔ ساٹھ گز اونچا یہ بت زمین پر جھکا ہوا اپنی آنکھیں ڈھونڈتا ہے۔ ساتویں اور آٹھویں صدی کے جوشیلے مجاہدین اپنے خنجروں سے اس کی آنکھیں نکال چکے ان کے پیش قبض اس کا چہرہ کھرچ چکے۔

بامیان کا بدھ اپنے محبوب ترین چیلوں ساری پت اور موگلان کو آوازیں دے رہا ہے۔

مور گان یہ کیسا ہون ہے جس میں انسان جل رہے ہیں ؟

جواب نہیں آتا

" ساری پت میں نے تو جانوروں کی یگیہ نہیں ہونے دی تھی۔ یہ کون ہیں جو اپنے بھائی بھتیجوں اور بیٹوں اپنی ماؤں بہنوں اور بیٹیوں کی یگیہ کرتے ہیں "

اس بار بھی جواب نہیں آتا

ساری پت اور موگلان شاید پیدائش کے دائرے میں پھنسے ہوئے ہیں اور نروان نہیں پا سکے۔ تب ہی کوئی جواب نہیں آتا اور بدھ کی آواز پر اس مسجد کے موذن کی آواز غالب آجاتی ہے جس کے مینار امتِ مسلمہ کی سر بلندی کے نام پر ہونے والی جنگ میں ڈھے چکے اور جس کی دیواروں کو مسلم امہ کے اتحاد کی خاطر بلائنڈر راکٹوں سے چھلنی کیا گیا۔ لاؤ تو میرا قتل نامہ مرا میں بھی دیکھ لوں کس کس کی مہر ہے سرِ محضر لگی ہوئی۔

بدھ کی ڈوبتی ہوئی آواز اور موذن کی ابھرتی ہوئی آواز کو ایک سٹینگر میزائل کا دھماکہ ریزہ ریزہ کر دیتا ہے۔ تمجید کرو تمجید کرو اس رب ذوالجلال کی جس نے توفیق دی ہمیں اپنوں سے لڑنے کی تسبیح کرو تسبیح کرو۔ اس خداوند کی جس نے صلیب کے فرزندوں کے دلوں کو موم کیا اور ہمارے جہاد کے لیے ان کے اسلحہ اور ڈالروں کی فراوانی کی۔

میلوں میل کا دائرہ رکھنے والے پہاڑوں کے پیالے میں انسان جل رہے ہیں، بستیاں پگھل رہی ہیں۔ نغمہ منگل کی آواز نوحہ کر رہی ہے۔ کابل تو تباہ نہیں ہوا۔ کابل میں کہیں بھی رہوں لوٹ کر تیری گلیوں میں آؤں گی۔

ببو جان تم پشاور کے کسی قبرستان کی گمنام قبر میں ہی دفن رہو گی۔ تمہارے لیے کوئی بی بی مبارکہ نہیں آئے گی۔ جو تمہاری ہڈیاں کابل لے جائے اور اسے وہاں کی زمین

میں دفن کرے۔ خاموش ہو جاؤ نغمہ منگل۔ تمہیں بھی معلوم ہے اور ہمیں بھی کہ کابل تباہ ہو گیا اور اس کے لاکھوں عشاق اب کبھی لوٹ کر اس کی گلیوں کو نہ جا سکیں گے۔

شور سے میری آنکھ کھل جاتی ہے۔ گلی میں شاید بہت سے بچے آوازیں لگا رہے ہیں۔ ان کی آوازیں میری سمجھ میں نہیں آتیں۔ میں سر کو جھٹکتی ہوں اور اُٹھ کر کھڑکی سے باہر جھانکتی ہوں۔ بچوں کا ایک ہجوم ہے جو گلی سے گزر رہا ہے۔ آوازیں لگاتا ہوا۔

"ہڈیاں لے لو اور نان دو۔ نان دے دو اور ہڈیاں لے لو"

ان کے شانے بڑی بڑی بوریوں کے بوجھ سے جھکے ہوئے ہیں۔

میں حیران و پریشان انہیں دیکھتی رہتی ہوں۔ یہ کیا کہہ رہے ہیں؟ نان کے عوض کیا بیچ رہے ہیں اور پھر میری نگاہ اس پر پڑتی ہے۔ پہلی نظر میں وہ مجھ سے پہچانا نہیں جاتا۔ پگڑی کے پیچ کھلے ہوئے اور وہ گردن میں جھولتی ہوئی، چہرہ خاک سے اٹا ہوا۔ کمر سے بندھی ہوئی تلوار کا نام و نشاں نہیں بغل میں دبی ہوئی کتاب بھی غائب۔ اس کے کندھے پر بھی ایک بوری دھری ہے۔

میری آواز سن کر وہ رک جاتا ہے۔ کندھے سے بوری اتار کر زمین پر دھرتا ہے اور مجھے دیکھتا ہے۔

"میں تھک گیا ہندوستان کی بادشاہی اتنی مشکل نہ تھی۔" اس کی آواز میں صدیوں کی تھکن ہے ایک ٹوٹے ہوئے شخص کی آواز۔

"یہ تم کیا کرتے پھر رہے ہو اور یہ بچے کہاں سے ساتھ لے آئے ہو" اور میں ان بچوں کی طرف اشارہ کرتی ہوں وہ بھی اس کے رکتے ہی ٹھہر گئے ہیں۔ حلقہ چشم میں دھنسی ہوئی آنکھیں، پھٹے ہوئے لباس سے جھانکتے ہوئے لاغر بدن، چہروں پر بھوک اور بیماری کی تحریر۔

یہ میرے بچے ہیں کابل کے بچے۔ ان کے لیے میں نے پادشاہی ترک کی اور پاوندہ ہوا"

معموں میں بات کیوں کرتے ہو۔

"انہیں تم معمہ کہتی ہو؟ یہ تمہیں چیستاں نظر آتے ہیں؟ غصے سے اس کی آواز کانپ رہی ہے "ذرا اپنی دائیں جانب تو نظر کرو"

میں گردن گھما کر دیکھتی ہوں دور دور تک کھلی ہوئی قبریں۔ ان میں اترتے ہوئے بچے۔ ہڈیاں چنتے ہوئے یہ بازو کی ہڈی ہے اور یہ پنڈلی کی "اور ہنسلی کی ہڈی کہاں گئی" ایک دوسرے سے پوچھتا ہے بچے قطار در قطار سینکڑوں کھلی ہوئی قبریں۔

" یہ سب کیا ہے؟ کیا ہے یہ سب؟ "میری آواز لرز رہی ہے اور وجود کانپ رہا ہے موت کا رقص الفریڈ ہچکاک کی کسی فلم کا منظر۔

" یہ رقص مقابر۔ لاطینی میں ڈانس مقابر۔ عربی میں فتح اول وکسر چہارم بہ معنی قبروں کا رقص اور عبرانی میں کسر اول وکسر چہارم پڑھا جائے تو قبر کھودنے والے کا رقص"

وہ قہقہہ لگاتا ہے۔ دیوانگی سے جھلکتا ہوا قہقہہ۔

"میرے شہر میں اناج عنقا، دوائیں ناپید، شہر یخ دان، گھر برف دان۔ باپ اور بھائی جہاد کا لقمہ، مائیں اور بہنیں گھروں میں جبراً و حکماً قید۔ یہ بچے کہاں جائیں؟ بھوک نے انہیں قبرستان کا راستہ دکھایا جہاں ہڈیوں کے انبار۔ ہڈیاں جو سرحد پار خرید لی جاتی ہیں، تیل، صابن اور مرغیوں کا کھاجا بنانے میں کام آتی ہیں، تیل صابن اور مرغیوں کا کھاجا بنانے میں کام آتی ہیں۔ قبرستانوں سے ہڈیاں چراؤ اور تاجر ارخواں کے پاس لے آؤ۔ پنجر یک مرد افغاں، پنجاہ ۵۰ سینٹ، ۷ا پاکستانی روپے۔ ۷۰۰۰ افغانی، ۶ کلو آٹے کا تھیلا

۳۲۰۰ افغانی کا آتا ہے۔ سو ایک پنجر برابر ہوا ۱۳۱ کلو آٹے کے۔ تمہارے یہاں سے طالبان ، سرزمین افغانستان کو بر آمد کیے جاتے ہیں۔ اور وہاں سے پنجر افغانان بر آمد۔ نازی نسل پرست تھے۔ یہودیوں کی چربی سے صابن بناتے تھے اپنی غلاظتیں صاف کرنے کے لیے۔ تم مسلم امہ کے سرپرست و سرخیل، افغانیوں کے ملی بھائی انکی ہڈیاں باریک پیستے ہو اپنی مرغیوں کو کھلانے کے لیے۔ تمہارا اسد اللہ خان غالب اپنے اشعار میں انسانی ہڈیاں ہما کو کھلاتا تھا۔ اللہ اللہ۔ تم نے ہما کی خوراک اپنی مرغیوں کو کھلائی " اس کی آواز کانپ رہی ہے غم وغصے سے درد واندوہ سے۔

(۳) شہر

ترنم ریاض

پلاسٹک کی میز پر چڑھ کر سونو نے نعمت خانے کی الماری کا چھوٹا سا کواڑ وا کیا تو اندر قسم قسم کے بسکٹ، نمک پارے، شکر پارے اور جانے کیا کیا نعمتیں رکھیں تھیں۔ پل بھر کو وہ ننھے سے دل پر کچو کے لگاتا ہوا غم بھول کر مسکرا دیا۔ اور نائٹ سوٹ کی لمبی آستین سے سوکھے ہوئے آنسوؤں بھرے رخسار پر ایک اور تازہ بہا ہوا آنسو پونچھ کر اس نے بسکٹ کا ڈبّہ ہاتھ میں لے لیا اور اپنے پانچ سالہ وجود کا بوجھ سنبھالتا میز سے نیچے اتر آیا۔ اسے بھوک بھی بہت لگی تھی۔ صبح سے اس نے کچھ نہیں کھایا تھا، اس کی چھوٹی سی اڑھائی برس کی بہن ثوبیہ بھی صبح سے بھوکی تھی۔ سارا دن وہ مسہری پر لیٹی اپنی ممی کو پکار پکار کر تھک گئی تھی۔ اور بہت زیادہ روتے رہنے کے باعث نڈھال سی ہو کر اس نے اپنا گھنگھریالے بالوں والا ننھا سا سر اپنی امی کے پھیلے ہوئے بازو پر رکھ چھوڑا تھا۔۔۔ دن بھر شاید وہ سوتی رہی تھی اور کچھ دیر پہلے ہی اُٹھ کر ڈرائنگ روم میں آئی تھی۔

اس شہر میں آئے انھیں صرف ایک ہفتہ ہوا تھا۔

امان کو بہت عرصے سے اس شہر میں اپنی تبدیلی کروانے کی خواہش تھی لیکن اس میں بس ایک ہی پریشانی تھی کہ رہائش کا انتظام نہایت مشکل کام تھا۔ اُس کے قصبے کے انوار صاحب بھی اس کمپنی میں کام کرتے تھے مگر وہ ہیڈ آفس سے وابستہ تھے اور شہر میں رہائش پذیر تھے۔ رہائش بھی کمپنی کی طرف سے ملی ہوئی تھی کیونکہ وہ پچیس برس سے اسی دفتر میں تھے۔ اُس کے بعد آنے والے ملازمین میں سے بہت کم کو فلیٹ میّسر آیا تھا۔

غیر شادی شدہ لوگ تو ایک کمرے والی رہائش میں دو، یا تین تین کے حساب سے ہوسٹل کی طرح کمرہ بانٹ لیتے تھے مگر فیملی والے ارکان کے لیے یہ مسئلہ سب سے پیچیدہ تھا۔

امان اپنے قصبے میں کمپنی کا برانچ منیجر تھا۔ انوار صاحب ہر تین ماہ کے بعد اپنی کمپنی کا کوئی کام نکال کر اپنے آبائی گھر آتے۔ بزرگ والدین سے ملاقات بھی ہو جاتی اور کمپنی کا کام بھی نمٹا لیتے۔

اس بار انوار صاحب اپنے ساتھ امان کے لیے کچھ سپنے بھی لے آئے تھے۔ بڑے شہر میں رہنے کے۔ بچّوں کو بڑے بڑے سکولوں میں تعلیم دلوانے کے اور ہیڈ آفس میں رہ کر ترقی کے نئے راستے وا ہونے کے۔

وہ ریٹائرمینٹ لے رہے تھے اور امان کے لیے ٹرانسفر کی بات بھی کر آئے تھے۔

امان اگر بر وقت نہ پہنچتا تو اُسے اور کچھ برس انتظار کرنا پڑتا اور فیملی فلیٹ اُسے جب ہی ملتا جب فیملی ساتھ ہوتی ورنہ اُسے بیچلر رومز میں رہنا تھا۔ انوار صاحب نے فلیٹ کی چابی ابھی دفتر میں جمع نہیں کرائی تھی۔ وہ یہ کام امان کی موجودگی میں کرانا چاہتے تھے۔ ڈپٹی ڈائریکٹر اُن کی عزّت کرتے تھے، اُنہیں یقین تھا کہ وہ اُن کی بات مان لیں گے۔ اور اس سے پہلے کہ کوئی دوسرا آنے کی کوشش کرتا، وہ کسی کی علمیت سے پیشتر امان کے حق میں فیصلہ چاہتے تھے۔

امان نے دو دن کے اندر ساری تیاریاں مکمل کر لیں اور مع بابرا اور بچّوں کے شہر روانہ ہو گیا۔

انوار صاحب کا فلیٹ ۱۴ منزلہ عمارت کا سب سے اوپری فلیٹ تھا۔ عمارت کی ہر منزل پر تین تین فلیٹ تھے مگر سب سے اوپر والی منزل میں یہی ایک فلیٹ تھا۔ کیونکہ ایک طرف ڈش انٹینا تھا اور دوسری طرف پانی کی ٹینکیاں۔ درمیان میں یہ ایک فلیٹ بن

پایا تھا۔ اس کے اوپر بڑا سا کشادہ ٹیرس تھا جس میں تقریبات وغیرہ ہوا کرتیں۔ وہاں سے نیچے دیکھنے پر سارا شہر دلہن کے ستارے لگے آنچل کی طرح نظر آتا۔

اس سے نیچے کے تین فلیٹس میں سے دو آباد تھے اور ایک پر کچھ تنازعہ چل رہا تھا۔ ایک فلیٹ کے مکین کہیں باہر گئے ہوئے تھے اور ایک میں امان کی ہی کمپنی میں کام کرنے والے وکرم بھسین رہتے تھے۔

بابر اکو فلیٹ اور امان کو شہر بہت پسند آیا۔ فلیٹ کشادہ تھا۔ تین خوابگاہوں، ڈرائنگ روم اور باورچی خانے پر مشتمل۔ ہر کمرے کے ساتھ ملحقہ غسل خانہ، اور لباس بدلنے کے لے چھوٹا سا احاطہ۔ اونچی چھتیں، بڑی بڑی کھڑکیاں، لمبے لمبے دروازے۔ تین دن میں فلیٹ سج گیا۔ ضرورت کا سب سامان آگیا سوائے ٹیلیفون کے۔ ٹیلیفون کی فیس پچھلے تین ماہ سے ادا نہیں ہوئی تھی اور ان مہربانیوں کے بدلے امان کو انوار صاحب کے لیے اتنا تو کرنا ہی تھا۔ ورنہ خوامخواہ انوار صاحب کی گریجو ویٹی وغیرہ متاثر ہوتی۔ بلکہ امان کو تو کئی مہینے کا بجلی کا بل بھی بھرنا پڑا تھا جب جا کر بجلی کی سپلائی بحال ہوئی۔ ٹیلیفون کا بل ادا کرنے کا وقت نہیں تھا کیونکہ امان نے پہلے دن آفس جوائن کرنے کے بعد دوبارہ آفس کا رخ تک نہیں کیا تھا کہ بغیر بجلی کے اس شہر میں ایک دن کے لیے بھی رہنا مشکل تھا اور سارا وقت اُسے ادھر اُدھر بھٹکنا پڑا تھا۔

کوئی پانچویں دن امان دفتر گیا کہ بھسین صاحب کے فلیٹ میں اُس کے لیے فون آیا تھا۔ اُسے سائٹ پر جانا تھا اور واپسی دوسرے دن کی تھی۔ وہاں کچھ ایسا کام پڑ گیا کہ امان دوسرے دن نہ آسکا۔

صبح دروازے کی گھنٹی بجی تھی تو سونو کی آنکھ اُسی آواز سے کھل گئی تھی۔ ممی اور ثوبیہ سورہی تھیں۔ سونو دروازے تک گیا اور اس نے دروازے کی نچلی چٹخنی بھی کھولی تھی

مگر میز پر کھڑے ہونے کے باوجود اُس کا ہاتھ دروازے کے اوپر والی چٹخنی تک نہ پہنچ سکا۔

"جی کون ہے ؟" اُس نے پکارا بھی تھا مگر باہر سے کوئی جواب نہ آیا۔ آنے والے نے شاید اُس کی آواز نہیں سنی تھی۔ اور دروازہ نہ کھلنے پر لوٹ گیا تھا۔

"ممی۔ کوئی گھنٹی بجا رہا ہے۔ ممی۔۔۔ ممی۔" اُس نے کئی بار ممی کو پکارا تھا مگر ممی جانے آج کیسی نیند سو رہی تھیں۔ جاگ ہی نہیں رہی تھیں۔

"ممی۔۔۔ ممی جی۔۔۔ کوئی دروازے کی گھنٹی بجا رہا ہے۔" اُس نے اونچی آواز میں پکارا تو ثوبیہ نے ابروؤں کے رخ پر خمیدہ پلکوں والی منی منی آنکھیں کھول دیں۔ اور اُٹھ کر بیٹھ گئی۔ آنکھیں جھپک جھپک کر ادھر اُدھر دیکھا اور بھائی کو ممی پکارتے سن کر خود بھی ممی ممی پکارنا شروع کر دیا۔

مگر ممی بول ہی نہیں رہی تھیں۔ ممی کے دہانے کے چاروں طرف کوئی سفید سی چیز جمی ہوئی تھی۔ ہاتھ پاؤں بھی کچھ عجیب طرح سے پھیلے ہوئے تھے۔

ثوبیہ نے ماں کی طرف سے کوئی جواب نہ پا کر رونا شروع کر دیا۔

"چپ ہو جانا۔ روتی کیوں ہے"۔ سونو نے جھلّا کر کہا تو ثوبیہ اور زور زور سے رونے لگی۔

"ممی سو رہی ہیں ثوبی۔" وہ بہن کو سمجھانے کے انداز میں بولا۔

"ممی۔ ممی اُٹھئے نا۔" سونو نے پھر ماں کو جگانے کی کوشش کی۔ جب تک دروازے کی گھنٹی دوبارہ بجنے لگی تھی۔

"کون ہے۔۔۔" وہ دروازے کے قریب جا کر اور اونچی آواز میں بولا۔ کوئی جواب نہ آیا۔

وہ واپس کمرے میں آیا۔ ثوبیہ باقاعدہ ہچکیاں لے لے کر رو رہی تھی۔ سونو کچھ دیر

ماں کے چہرے کو دیکھتا رہا۔ پھر روتی ہوئی بہن کو بغور دیکھنے لگا۔

"ممی۔" اُس نے ممی کو پوری طاقت سے جھنجھوڑا مگر ممی بے حس و حرکت پڑی رہیں۔

وہ کچھ دیر گُم سُم سا بیٹھا رہا۔ پھر ثوبیہ کے قریب جا کر اُس نے اپنے چھوٹے چھوٹے ہاتھوں سے اُس کے آنسو پونچھے۔

"نہیں رونا ثوبی۔ ممی سو رہی ہیں۔" مگر ثوبی تھی کہ چپ ہی نہیں ہو رہی تھی۔

"چپ ہو جا۔" وہ چیخا اور ساتھ ہی دہاڑیں مار مار کر رونے لگا۔

جانے کب تک دونوں بہن بھائی روتے رہے مگر امی نے چپ ہی کرایا نہ کچھ بولیں۔ ثوبیہ کوئی گھنٹہ بھر رونے کے بعد تھک کر سو گئی۔

وہ سو گئی تو سونو پھر ماں کے قریب گیا۔ اُس کا چہرہ دونوں ہاتھوں میں لے کر دائیں بائیں ہلانے لگا۔

"ممی۔" اس نے زور زور سے ممی کا سر ہلایا "ممی۔۔۔ ممی جی۔" اس نے آنسوؤں میں بھیگی آواز میں محبت گھول کر پکارا۔ ممی نے کوئی جواب نہ دیا۔ کچھ دیر بعد اٹھ کر وہ ڈرائنگ روم چلا گیا۔ پردہ سرکا کر کھڑکی کے شیشے سے باہر دیکھنے لگا۔

سامنے ایک بڑا سا پارک تھا جس میں چھوٹے چھوٹے کھلونوں جیسے رنگ برنگے بچے کھیل رہے تھے۔ پارک میں کئی طرح کے چھوٹے بڑے جھولے لگے ہوئے تھے ادھر اُدھر آئس کریم اور ویفرس کے پیکٹ والے اپنی چھوٹی چھوٹی ہاتھ گاڑیاں لیے ہوئے گھوم رہے تھے۔ ایک ریڑھی پر نہایت ننھی ننھی بوتلوں میں کولڈ ڈرنکس سجی ہوئی تھیں۔ پارک کی دوسری جانب لمبی سی سڑک پر چھوٹی چھوٹی بے شمار گاڑیاں بھاگ رہی تھیں۔ سونو نے یہ ساری چیزیں اس قدر چھوٹی جسامت میں آج سے پہلے کبھی نہ دیکھیں

تھیں۔ اُس کے ذہن میں عجیب عجیب سوال اور خیال اُبھرنے لگے۔ وہ کمرے میں لوٹ آیا۔

"ممی جی۔" اُس کے سینے سے درد بھری کراہ نکلی۔ اور اُس نے اپنا چھوٹا سا سر ممی کے سینے پر رکھ دیا اور دھیرے دھیرے سسکنے لگا۔ آنسوؤں سے ممی کے شب خوابی کے لباس کا گریبان بھیگ گیا مگر ممی نے آنکھیں نہیں کھولیں۔ رو رو کر جب وہ ہلکان ہو گیا تو اسے نیند آ گئی۔

جانے کتنا وقت وہ سوتا رہا۔

"چھو۔ چھو۔" نیند میں اس کے کانوں میں ثوبیہ کی آواز پڑی تو اُس نے آنکھیں کھول دیں۔

"چھو چھو۔" ثوبیہ نے ممی کی طرف سے نظر ہٹا کر بھائی کو دیکھ کر کہا۔

"سو سو کرنا ہے؟" سونو نے پوچھا تو اُس نے سر اُوپر سے نیچے کی طرف ہلایا۔

سونو نے غسل خانے کا ہینڈل گھما کر دروازہ کھول دیا۔

باہر شام ہو چکی تھی۔

ثوبیہ باتھ روم سے آ کر ماں کے پاس لیٹ گئی۔

"ممی۔۔۔ مم۔۔۔ ممی۔" ثوبیہ نے اپنی شہادت کی انگلی سے ماں کی آنکھ کھولنے کی کوشش کی۔۔۔ وہ ناکام ہو کر پھر رونے لگی۔

ممی ی ی۔۔۔" وہ ممی کو پکارتی ہوئی ہچکیاں لینے لگی۔

سونو بہن کو بے بسی سے دیکھتا رہا۔

"ممی اُٹھئے نا۔۔۔ ممی جی۔۔۔ ثوبی رو رہی ہے۔ اُسے بھوک لگی ہے۔"

وہ گلوگیر آواز میں ماں سے مخاطب ہوا۔۔۔ اُسے خود بھی بھوک لگی تھی مگر جب

تک اُس نے ثوبیہ کی بھوک کا ذکر نہ کیا اس طرف اُس کا خیال نہ گیا تھا۔

اب اُسے بھوک کا احساس ہونے لگا۔

وہ ماں کے پاس سے اُٹھ کر باورچی خانے میں چلا گیا۔ تمام برتن دھلے دھلائے رکھے تھے۔ کسی میں کچھ کھانے کو نہ تھا۔

اُس نے ریفریجریٹر کھولا۔۔۔ اُس میں سیب رکھے تھے۔۔۔ وہ دو سیب اُٹھا کر کمرے میں آگیا۔

ایک سیب کو خود کترنے لگا اور دوسرا ثوبیہ کو پکڑا دیا۔ ثوبیہ اسے کھانے کی کوشش کرنے لگی۔ مگر اُس کے منہ میں اُگے آٹھ دانت سیب کے سخت چھلکے کے ساتھ انصاف نہ کر سکے اور وہ محض سیب کی سطح پر ایک آدھ نشان لگا کر رہ گئی اور چپ چاپ بھائی کو دیکھنے لگی۔ سونو نے سیب کا ایک ٹکڑا توڑ کر دیا تو وہ اُسے چبانے کی کوشش میں منہ کے اندر ادھر اُدھر گھماتی رہی اور آخر کار نگل گئی۔

دونوں سیب ختم ہو گئے تو سونو ریفریجریٹر میں پڑا آخری سیب اُٹھا لایا۔۔۔ کچھ دیر دونوں بہن بھائی سیب پر زور آزمائی کرتے رہے۔ اس سے فارغ ہو کر پھر ممی کو جگانے کی کوشش کرنے لگے۔

ممی کچھ نہ بولی تو وہ رو رو کر ممی کو ہلانے لگے۔ گھر میں اتنی گرمی تھی مگر ممی کا بدن ایک دم ٹھنڈا پڑا ہوا تھا۔۔۔ پتہ نہیں کیوں۔

پھر کسی وقت انھیں نیند آگئی۔

دوسری صبح بھی ممی نہیں اُٹھیں۔ دروازے کی گھنٹی دو بار بجی تھی۔ جس سے سونو جاگ گیا تھا۔

"جی۔۔۔ ای ای۔۔۔ کون ہے۔" کوئی جواب نہ آیا۔ شاید مضبوط دیواروں اور

بھاری دروازے کے اُس پار اُس کی کم سِن آواز پہنچ نہیں پائی تھی اور آنے والا پھر لوٹ گیا تھا۔

ثوبیہ نے جاگتے ہی رونا شروع کر دیا تھا۔ اور ممی کے پاس جا کر زور زور سے چیختے ہوئے رو رو کر جب مایوس ہو گئی تو ہچکیاں لیتی ہوئی باہر آ گئی۔۔۔

اُس کا پھول سا چہرہ کمھلا گیا تھا۔

باورچی خانے میں سونو ریفریجریٹر کھولے بغور اندر دیکھ رہا تھا۔ پرسوں کا پڑا ہوا دودھ پھٹ چکا تھا۔ ثوبیہ کو قریب دیکھ کر اُس نے اُس کے کاندھے پر ہاتھ رکھ دیا۔

"دُودُو پیئے گی۔" اُس نے ممی کی طرح پوچھا تھا۔

"ہُوں۔" وہ زور زور سے سر ہلا کر بولی۔

اُس نے پھٹا ہوا دُودھ چمچ سے ثوبیہ کے فیڈر میں ڈالنے کی کوشش میں بہت سا دُودھ گرا کر تھوڑا سا ڈالنے میں کامیابی حاصل کی اور فیڈر بہن کے بڑھے ہوئے ہاتھوں میں تھما دیا۔

ثوبیہ وہیں فرش پر چت لیٹ کر دودھ پینے لگی۔ جب پھٹے ہوئے دودھ کا کوئی ٹکڑا ربر کے نپل کا چھید بند کرنے لگتا، وہ پیر پٹخ پٹخ کر پوری طاقت سے دودھ پینے کی کوشش کرنے لگتی اور رونے لگ جاتی پھر خود ہی چُپ ہو جاتی۔

سونو نے دودھ کے کچھ بچے ہوئے چمچ خود بھی پیئے اور ثوبیہ کے پاس جا بیٹھا۔۔۔ بوتل خالی ہوئی تو ثوبیہ اُٹھ کر بیٹھ گئی۔۔۔ پھر کھڑی ہو کر ممی ممی پکارتی ہوئی خوابگاہ میں چلی گئی۔

سونو بھی کمرے میں آ گیا۔ اور کچھ دیر دروازے کے پاس کھڑا ہو کر ماں کو دیکھنے لگا۔ ممی کی شکل آج اچھی نہیں لگ رہی تھی۔

مسز بھسین کی جز وقتی ملازمہ صبح اوپر آئی تھی تو کسی نے دروازہ نہیں کھولا تھا۔۔۔ دراصل اماں نے اُن کے ہاں فون کیا تھا کہ بابرا کو بتا دیں کہ وہ ایک دن اور رُک گیا ہے اور کل آجائے گا۔ کیونکہ بابرا بہت جلد گھبرا جاتی ہے۔۔۔ ملازمہ سے دروازہ نہ کھُلنے کی خبر سن کر مسز بھسین نے سوچا تھا کہ پڑوسی کہیں گھومنے گئے ہوں گے۔ یا شاید سو رہے ہوں۔ یا جو بھی۔۔۔

"ثوبی! آجا اندر بیٹھیں۔" سونو نے ثوبیہ سے کہا۔

"کھڑکی سے باہر دیکھیں گے۔" وہ سر اثبات میں ہلا کر بولا۔۔۔

"نہیں۔۔۔ ممی پاش۔۔۔" اُس نے جھٹکے سے سر نفی میں ہلایا۔

"ممی تو بولتی ہیں نہیں۔۔۔ تو میرے پاس آجا۔" وہ اداس ہو کر بولا۔ اس کا چہرہ آج پیلا نظر آرہا تھا۔ چھوٹے چھوٹے ہونٹوں پر پپڑیاں جمی ہوئی تھیں۔

"آنا ثوبی۔۔۔ آجا۔" وہ دھیرے دھیرے سسکنے لگا۔۔۔ ثوبیہ ماں کے پھیلے ہوئے بازو پر سر رکھے اپنا انگوٹھا چوستی رہی اور سر نفی میں ہلا ہلا کر بھائی کو دیکھتی رہی۔۔۔

سونو اس کے قریب جاکر اسے اٹھانے لگا تو اسے محسوس ہوا کہ ممی کے پاس سے خراب سی بو آرہی تھی۔ ممی نہائی نہیں ناکل سے۔۔۔ کپڑے بھی نہیں بدلے۔۔۔ ہم بھی نہیں نہائے۔۔۔ اس نے اپنا گریبان سونگھا۔۔۔ وہاں اُسے پرسوں کے لگائے ہوئے بے بی پاوڈر کی ہلکی سی مہک آئی۔۔۔ اس نے پھر ممی کی طرف دیکھا۔۔۔ ممی کی شکل بدلی بدلی سی لگ رہی تھی۔ وہ آہستہ آہستہ ایک دو الٹے قدم اٹھاتا ہوا دیوار سے لگ گیا۔ اس کی نظریں ماں کے چہرے پر گڑھی تھیں۔ وہ دیوار کے ساتھ چلتا ہوا کمرے کے دوسرے کونے میں پہنچ گیا۔۔۔ اور دیوار سے پھسلتا ہوا فرش پر بیٹھ گیا۔ اس کے دل میں عجیب قسم کا خوف سا چھا رہا تھا۔ اسے نیند بھی آرہی تھی۔ مگر وہ پتہ نہیں کیا سوچ رہا تھا۔ خود اس کی

سمجھ میں بھی نہیں آرہا تھا۔ آنکھ لگنے لگتی تو فوراً آنکھیں کھول کر ماں کے چہرے کو دیکھنے لگتا۔۔۔ دور بیٹھا ہوا۔ وہاں سے ماں کے تلوے نظر آرہے تھے اور پھر ماں کا باقی جسم۔ بعد میں چہرہ۔ ٹھوڑی سے شروع ہوتا ہوا۔ اس کا دل دھک دھک کر رہا تھا اس نے دونوں ہاتھ اٹھا کر اپنی آنکھوں پر رکھ دیے۔ اور۔۔۔ پھر پتا نہیں کب وہ دیوار سے لگا لگا فرش پر آ گیا۔ اس کے گھٹنے اس کے سینے سے لگے ہوئے تھے اور وہ سو چکا تھا۔

صبح پھر دروازے کی کال بیل لگاتار کچھ پل بجی تو وہی بیدار ہوا۔ دروازے تک گیا اور بے چارگی سے اسے دیکھتا رہا۔ کچھ منٹ بعد لوٹ آیا۔۔۔ گھر میں ہوتا تو کھڑکی سے نانی کو آواز لگاتا۔ یہاں تو نہ وہ دروازہ کھول سکتا تھا نہ کھڑکی۔ کھڑکی کھول بھی لیتا تو اس کی آواز کون سن پاتا کہ کھڑکی سے نظر آنے والے لوگ اس کی آواز کی رسائی سے بہت دور تھے۔

آج ثوبیہ ابھی تک سو رہی تھی۔ وہ دروازے پر ٹھہر کر ماں کی طرف دیکھنے لگا۔ ماں کا چہرہ بغیر پانی کے گلدان میں پڑے کئی دن پرانے پھول سا لگ رہا تھا۔ وہ آہستہ آہستہ ماں کے کچھ قریب جا کر غور سے دیکھنے لگا۔ ممی کی شکل بدل گئی تھی۔ یہ شکل کسی اور کی تھی۔ میلے سے مٹیالے چہرے والی۔۔۔ اس کی ممی تو گوری تھی۔۔۔ تو کیا یہ اس کی ممی نہیں تھی۔۔۔ تو کیا اس کی ممی کی شکل کو کچھ ہو گیا ہے۔۔۔ یا۔۔۔ یا یہ کوئی اور ہے۔ کوئی عجیب سی شے۔۔۔ انسان جیسی کوئی شے۔۔۔

ذہن میں اس خیال کے آتے ہی وہ زور سے چیخ پڑا۔ ثوبیہ نے جھٹ سے آنکھیں کھولیں اور رونے لگی۔ وہ چیختا ہوا کمرے سے باہر بھاگا اور ڈرائنگ روم کے لمبے صوفے کے عقب میں جا چھپا۔ اس کا چھوٹا سا وجود تھر تھر کانپ رہا تھا۔ اور آنکھوں سے موٹے موٹے آنسو بہہ رہے تھے۔ ثوبیہ کچھ دیر روتی رہی پھر اٹھ کر بھائی کو ڈھونڈنے لگی۔

"بیا۔ بیا۔" وہ باورچی خانے میں گئی اور روتے روتے بھائی کو پکارنے لگی۔ وہاں اُسے نہ پاکر ڈرائینگ روم میں آگئی۔

"بیا۔ آ۔ آ" اس نے نحیف سی آواز میں پکارا۔

سونو صوفے کے پیچھے سے نکل آیا۔ اس کے خوفزدہ دل میں احساسِ ذمہ داری نے قُوّت بھر دی۔ بہن کو دیکھ اس کے قریب چلا گیا اور دونوں ہاتھوں میں اس کا چہرہ لے کر اس کے آنسو پونچھنے لگا۔ اسے محسوس ہوا کہ اس کی ثوبی کو بہت تیز بخار ہے۔

"بیّا۔ پانی۔" وہ ہچکیاں لیتی ہوئی بولی۔

"تجھے بخار ہے۔۔۔ آجا۔ ادھر لیٹ جا۔۔۔ میں پانی لاتا ہوں۔"

اس نے صوفے پر چڑھنے میں بہن کی مدد کی اور باورچی خانے کی طرف گیا۔ خوابگاہ کے قریب سے گزرتے وقت اس نے ایک ادھوری سی نظر کمرے کی طرف تیزی سے ڈالی پھر ریفریجریٹر کے پاس چلا گیا اور بوتل نکال کر پانی گلاس میں انڈیلنے لگا۔ ساری بوتل خالی کر کے ہی کہیں گلاس بھر سکا تھا۔

گلاس اور چمچہ لیے وہ بہن کے پاس آگیا اور اُسے دھیرے دھیرے پانی پلانے لگا۔ بیچ بیچ میں ایک آدھ چمچ وہ خود بھی پیتا رہا۔

"بھوک لگی ہے؟" اس نے نہایت محبت سے ثوبیہ سے پوچھا تو اس نے نفی میں سر ہلا دیا۔

صبح جب دروازے کی گھنٹی سن کر سونو بے بسی سے پلٹ آیا تھا اس وقت مسٹر بھسین کے ہاں پھر امان نے ٹیلی فون کیا تھا۔ اور پھر مسز بھسین نے اپنی جز وقتی ملازمہ کو اوپر روانہ کیا تھا جو لگاتار تین چار گھنٹیاں بجا کر لوٹ آئی تھی۔

ثوبیہ ڈرائینگ روم کے صوفے پر نڈھال پڑی تھی۔

سونو ذمہ دار بھائی کی طرح اس کے قریب بیٹھا تھا۔ بیچ بیچ میں دونوں اونگھ لیتے۔ شاید مسلسل نقاہت یارات بھر گھٹی ہوئی آلودہ فضا میں رہنے کے باعث ان کی ایسی حالت ہو گئی تھی۔

کبھی کبھی سونو سر گھما کر چور نظروں سے بیڈ روم کی طرف دیکھتا اور جلدی سے چہرہ دوسری طرف پھیر لیتا۔ وقفے وقفے سے اس کے آنسو بہہ نکلتے تھے۔

اس بار ثوبیہ جاگی تو پھر رونے لگی۔

"دُودھ پیئے گی ثوبی۔؟" اس نے آواز میں پیار بھر کر کہا۔

"مگر دودھ تو ہے ہی نہیں۔ اچھا ٹھہر جا میں کچھ اور دیکھتا ہوں۔" ثوبیہ نے کچھ نہ کہا۔ سونو کو خود بھی بہت بھوک لگ رہی تھی۔

وہ تیز تیز قدم اٹھاتا ہوا باورچی خانے کی طرف گیا اور پلاسٹک کی میز کھینچ کر نعمت خانے کی الماری کے ٹھیک نیچے تک لے گیا۔

بسکٹ کا ڈبّہ لے کر جب وہ خوابگاہ کے باہر سے گذرا تو اس نے بے اختیار سا ہو کر اندر نگاہ دوڑائی حالانکہ وہ وہاں سے سیدھا ڈرائینگ روم میں بھاگ آنا چاہتا تھا۔ کیونکہ اسے پتہ تھا اندر اس کی ممی نہیں۔ پتہ نہیں کون ہے اور کیا ہے۔ اس نے دیکھا کہ بیڈ پر پڑی ہوئی ممی جیسی کوئی چیز جیسے دب کر پھیل گئی تھی۔ بند آنکھیں جیسے بڑے بڑے ابھرے ہوئے دائروں میں دھنسی پڑی تھیں۔ اس چیز کے ہاتھ پاؤں اور چہرہ جانے کس رنگ کے تھے۔۔۔ دوسرے ہی پل اس نے منھ دوسری طرف موڑا اور پوری طاقت لگا کر ڈرائینگ روم کی طرف بھاگا۔ اس کا چہرہ خوف سے پیلا پڑ گیا تھا۔ بدن پسینہ پسینہ ہو رہا تھا۔

شاید وہ ایک زوردار چیخ مار کر بے ہوش ہو جاتا مگر بخار میں چپ چاپ لیٹی ہوئی بہن نے اس کے حواس کو قابو میں رکھا۔ چیخ اس کے ننھے سے سینے میں گھٹ کر رہ گئی۔

وہ بہن کے قریب چلا گیا اور باچھیں کھول کر مسکرانے لگا تو اس کے سوکھے لب سفید ہو رہے تھے۔

"بِسکٹ۔ لایا ہوں۔" وہ تھرتھراتی ہوئی آواز میں بولا۔

"کھائے گی۔" وہ پیار سے پوچھنے لگا۔ اور ثوبیہ ٹکر ٹکر بھائی کو دیکھتی رہی۔

(۴) پہلا حرف

سارا شگفتہ

آج سے پانچ برس پہلے کہنے کو ایک شاعر میرے ساتھ فیملی پلاننگ میں سروس کرتا تھا۔ میں بہت با نماز ہوتی تھی۔ گھر سے آفس تک کا راستہ بڑی مشکل سے یاد کیا تھا۔ لکھنے پڑھنے سے بالکل شوق نہیں تھا۔

اتنا ضرور پتہ تھا۔ شاعر لوگ بڑے ہوتے ہیں۔

ایک شام شاعر صاحب نے کہا مجھے آپ سے ایک ضروری بات کرنی ہے۔ پھر ایک روز ریستوراں میں ملاقات ہوئی۔ اُس نے کہا شادی کروگی؟ دوسری ملاقات میں شادی طے ہوگئی۔

اَب قاضی کے لئے پیسے نہیں تھے۔ میں نے کہا۔ آدھی فیس تم قرض لے لو اور آدھی فیس میں قرض لیتی ہوں۔ چونکہ گھر والے شریک نہیں ہوں گے میری طرف کے گواہ بھی لیتے آنا۔

ایک دوست سے میں نے اُدھار کپڑے مانگے اور مقررہ جگہ پر پہنچی اور نکاح ہوگیا۔

قاضی صاحب نے فیس کے علاوہ میٹھائی کا ڈبہ بھی منگوالیا تو ہمارے پاس چھ روپے بچے۔

باقی جھونپڑی پہنچتے پہنچتے ، دو روپے ، بچے۔ میں لالٹین کی روشنی میں گھونگھٹ کاڑھے بیٹھی تھی۔

شاعر نے کہا، دو روپے ہوں گے، باہر میرے دوست بغیر کرائے کے بیٹھے ہیں۔ میں

نے دو روپے دے دئے۔ پھر کہا ! ہمارے ہاں بیوی نوکری نہیں کرتی۔ نوکری سے بھی ہاتھ دھوئے۔

گھر میں روز تعلیم یافتہ شاعر اور نقاد آتے اور ایلیٹ کی طرح بولتے۔ کم از کم میرے خمیر میں علم کی وحشت تو تھی ہی لیکن اس کے باوجود کبھی کبھی بھُوک برداشت نہ ہوتی۔

روز گھر میں فلسفے پکتے اور ہم منطق کھاتے۔

ایک روز جھونپڑی سے بھی نکال دیئے گئے ، یہ بھی پرائی تھی۔ ایک آدھا مکان کرائے پر لے لیا۔ میں چٹائی پر لیٹی دیواریں گنا کرتی۔

اور اپنے جہل کا اکثر شکار رہتی۔

مجھے ساتواں مہینہ ہوا۔ درد شدید تھا اور بان کا درد بھی شدید تھا۔ عِلم کے غرور میں وہ آنکھ جھپکے بغیر چلا گیا۔ جب اور درد شدید ہوا تو مالِک مکان میری چیخیں سُنتی ہوئی آئی اور مجھے ہسپتال چھوڑ آئی۔ میرے ہاتھ میں درد اور پانچ کڑکڑاتے ہوئے نوٹ تھے۔

تھوڑی دیر کے بعد لڑکا پیدا ہوا۔ سردی شدید تھی اور ایک تولیہ بھی بچے کو لپیٹنے کے لئے نہیں تھا۔

ڈاکٹر نے میرے برابر اسٹریچر پر بچے کو لِٹا دیا۔

پانچ منٹ کے لئے بچے نے آنکھیں کھولیں

اور کفن کمانے چلا گیا۔

بس ! جب سے میرے جسم میں آنکھیں بھری ہوئی ہیں۔ Sister وارڈ میں مجھے لٹا گئی۔ میں نے Sister سے کہا میں گھر جانا چاہتی ہوں کیونکہ گھر میں کسی کو عِلم نہیں کہ میں کہاں ہوں۔ اُس نے بے باکی سے مجھے دیکھا اور کہا، تمہارے جسم میں ویسے بھی زہر پھیلنے کا ڈر ہے۔ تم بستر پر رہو۔ لیکن اب آرام تو کہیں بھی نہیں تھا۔

میرے پاس مُردہ بچہ اور پانچ رُوپے تھے۔

میں نے Sister سے کہا، میرے لئے اب مشکل ہے ہسپتال میں رہنا۔ میرے پاس فیس کے پیسے نہیں ہیں میں لے کر آتی ہوں، بھاگوں گی نہیں۔

تمہارے پاس میرا مُردہ بچہ امانت ہے، اور سیڑھیوں سے اُتر گئی۔ مجھے ۱۰۵ ڈگری بُخار تھا۔ بس پر سوار ہوئی، گھر پہنچی۔ میرے پستانوں سے دُودھ بہہ رہا تھا۔ میں دودھ گلاس میں بھر کر رکھ دیا۔ اتنے میں شاعر اور باقی منشی حضرات تشریف لائے۔ میں نے شاعر سے کہا، لڑکا پیدا ہوا تھا، مَر گیا ہے۔

اُس نے سرسری سنا اور نقادوں کو بتایا۔

کمرے میں دو منٹ خاموشی رہی اور تیسرے منٹ گفتگو شروع ہو گئی!

فرائڈ کے بارے میں تمہارا کیا خیال ہے؟

راں بو کیا کہتا ہے؟

سعدی نے کیا کہا ہے؟

اور وارث شاہ بہت بڑا آدمی تھا۔

یہ باتیں تو روز ہی سُنتی تھی لیکن آج لفظ کُچھ زیادہ ہی سُنائی دے رہے تھے۔ مجھے ایسا لگا!

جیسے یہ سارے بڑے لوگ تھوڑی دیر کے لئے میرے لہو میں رُکے ہوں، اور راں بو اور فرائڈ میرے رحم سے میرا بچہ نوچ رہے ہوں۔ اُس روز علم میرے گھر پہلی بار آیا تھا اور میرے لہُو میں قہقہے لگا رہا تھا۔ میرے بچے کا جنم دیکھو!!!

چنانچہ ایک گھنٹے کی گفتگو رہی اور خاموشی آنکھ لٹکائے مجھے دیکھتی رہی۔ یہ لوگ عِلم کے نالے عبُور کرتے کمرے سے جُدا ہو گئے۔

میں سیڑھیوں سے ایک چیخ کی طرح اُتری۔ اب میرے ہاتھ میں تین رُوپے تھے۔ میں ایک دوست کے ہاں پہنچی اور تین سو روپے قرض مانگے۔ اُس نے دے دیئے۔ پھر اُس نے دیکھتے ہوئے کہا!

کیا تمہاری طبیعت خراب ہے؟

میں نے کہا، بس مجھے ذرا بخار ہے، میں زیادہ دیر رُک نہیں سکتی۔ پیسے کسی قرض خواہ کو دینے ہیں، وہ میرا انتظار کر رہا ہو گا۔

ہسپتال پہنچی۔ بِل ۲۹۵ روپے بنا۔ اب میرے پاس پھر مُردہ بچہ اور پانچ روپے تھے۔ میں نے ڈاکٹر سے کہا۔

آپ لوگ چندہ اکٹھا کر کے بچے کو کفن دیں، اور اِس کی قبر کہیں بھی بنا دیں۔ میں جا رہی ہوں۔

بچے کی اصل قبر تو میرے دل میں بَن چکی تھی۔

میں پھر دوہری چیخ کے ساتھ سیڑھیوں سے اُتری اور ننگے پیر سڑک پہ دوڑتی ہوئی بس میں سوار ہوئی۔

ڈاکٹر نے سمجھا شاید صدمے کی وجہ سے میں ذہنی توازن کھو بیٹھی ہوں۔ کنڈکٹر نے مجھ سے ٹکٹ نہیں مانگا اور لوگ بھی ایسے ہی دیکھ رہے تھے۔ میں بس سے اُتری، کنڈکٹر کے ہاتھ پر پانچ روپے رکھتے ہوئے، چل نکلی۔ گھر؟ گھر!! گھر پہنچی۔

گلاس میں دودھ رکھا ہوا تھا۔

کفن سے بھی زیادہ اُجلا۔

میں نے اپنے دودھ کی قسم کھائی۔ شعر میں لکھوں گی، شاعری میں کروں گی، میں شاعرہ کہلاؤں گی۔ اور دودھ باسی ہونے سے پہلے ہی میں نے ایک نظم لکھ لی تھی، لیکن

تیسری بات جھوٹ ہے ، میں شاعرہ نہیں ہوں۔ مجھے کوئی شاعرہ نہ کہے۔ شاید میں کبھی اپنے بچے کو کفن دے سکوں۔

آج چاروں طرف سے شاعرہ! شاعرہ! کی آوازیں آتی ہیں، لیکن ابھی تک کفن کے پیسے پُورے نہیں ہوئے۔

(۵) خواب کا دِیا

ڈاکٹر نگہت نسیم

زندگی نہ تو دو رُخی تھی اور نہ ہی دوغلی۔ اس کو کچھ میں نے ہی ایسا سمجھ لیا تھا۔ حالانکہ سب کچھ میرے اندر تھا اور پھر ہونے والے سارے واقعات میرے باہر ہو رہے تھے۔ سمجھ دار انسان تو وہی ہوتے ہیں جو اندر باہر کے سارے پریشر میں ایڈجسٹ ہوتے جاتے ہیں شاید پڑھے لکھے لوگ اِسے اڈیپٹیشن کہیں مگر اس دنیا میں مجھ جیسی ہزاروں بے وقوف لڑکیاں ہوں گی جن کی سمجھ بوُجھ ایسے وقت میں انڈر پریشر ہو کر کُکر کی طرح سٹی بجانے لگتی ہے، گویا اپنا آپ اُبلنے اور پھر پھٹ پڑنے کا الارم خود ہی بجا دے۔ غلطی کہاں تھی، آج ہی مجھے فیصلہ کرنا تھا۔ آج ایسی لڑکی کو اسپیشل بننا تھا یا پھر اڈیپٹیشن کے آخری ہُنر کی آزمائش تھی۔ آخر کچھ تو کرنا ہے، بہلنے کے لیے، سمجھنے کے لیے اور کئی غلطیوں کو کبھی نہ دہرانے کے لیے۔

زندگی کو کبھی ۲۰ گز اور ۱۲۰ گز زمین کے اندر نہیں گھومنا چاہیے۔ بھلا یہ بھی کوئی زندگی ہے۔ ہر خواہش کا سفر انگریزی کا "سفر" بن جاتا ہے۔ نیلم کی بڑبڑاہٹ بجلی کے جانے سے مزید بڑھ جاتی تھی، حالانکہ وہ بے حد خوش اخلاق اور قناعت پسند لڑکی تھی۔ اُسے یوں ہی اُلجھنے کی عادت نہ تھی۔ جو کچھ بھی ہوتا، ٹیبل پر ہوتا۔ اور یوں دلوں میں کبھی گرہ نہ پڑتی تھی۔ یہ دانشمندی میں نے اُس سے سیکھی تھی۔ وہ میری بڑی بہن تھی۔ اور کبھی کبھی امی جی چپکے سے اُس میں اُتر آتی تھیں۔ تب میں اُس سے ڈر جایا کرتی تھی۔ میں کیا بابر بھی اطاعت میں سر جھکا لیا کرتا تھا۔ اباجی کی غیر ضروری حمایت بھی اُنہیں حاصل

تھی۔ یہ بات مجھے بہت دیر بعد پتہ چلی کہ وہ اُن اسپیشل لڑکیوں میں سے ایک تھیں جن کی سمجھ عمر کی قید سے آزاد ہوتی ہے۔ بردباری اور تحمل اُن کے لیے خاص تحفہ ہوتا ہے۔ خفا ہونا اُنھوں نے سیکھا ہی نہ تھا۔ مزاج کی نرمی اور سلوک کا حسن اُن پر ختم تھا۔ میں، پھر میرے بعد بابر تھا۔ ہم دونوں کی جان اُن میں بند تھی۔ اس سکون اور اطمینان کو کبھی زمین اور گھر کے ایک سو بیس گز پر ہونے کا غم نہ ہوا تھا۔ اگر کبھی ہوتا تو صرف بجلی کے عین گرمیوں میں دوپہر کے وقت چلے جانے سے پتہ نہیں بڑے بڑے لان نہ ہونے کا غم تھا یا پھر کیا وجہِ غم تھی اس وقت میری سمجھ اتنی ہی تھی۔

میں نیلم سے صرف دو سال چھوٹی تھی۔ اس لیے غمگسار اور راز دار بھی تھی۔ کبھی کبھی اس تکون میں امی جی بھی شامل ہو جاتی تھیں۔ باتوں کی زنبیل ایسی کھلتی کہ پھر ابا جی کو خالص زنانہ گفتگو میں دخل اندازی کرنی پڑی۔ نیلم نے بی اے کے بعد ٹیلی کام جوائن کر لیا تھا۔ باقی ہم دونوں اسکول کالج میں زیر تعلیم تھے۔

"مجھے اپنے ادارے میں سب سے پیاری بات پتا ہے کیا لگتی ہے؟" نیلم کی آنکھوں میں نیلگوں پانی ہر وقت تیرا کرتا تھا۔

"کیا؟؟" میں نے اشتیاق سے پوچھا۔

"ہزاروں میلوں کی جدائی ایک منٹ میں ختم۔ جس طرح ایک مریض کے لیے ڈاکٹر اُس کا پورا جہان ہوتا ہے۔ اس طرح ہمارا یونٹ بھی ایک جہان ہے، دور دور رہنے والوں کے لیے۔"

"گویا شہزادی نیلم! تم دِلوں، جذبوں، خوابوں اور خیالوں کی ڈاکٹر ہو۔" میں نے استری کے لیے کپڑے اُٹھاتے ہوئے کہا۔

"ویسے جانِ عزیز اگر تم غور کرو تو ہر انسان دوسرے انسان کے لیے ایک ڈاکٹر اور

مسیحا ہوتا ہے۔"

"ہوتا نہیں نیلم، ہو سکتا ہے۔" میں نے تنبیہ کی تو وہ ہنس پڑی۔

" کبھی کبھی تم بہت پتے کی بات کر جاتی ہو۔ واقعی اگر ہم سب ایک دوسرے کو ایسے ہی منٹ منٹ پر سلوک کی خوشیاں بانٹنا شروع کر دیں تو دنیا والے کس پر جھگڑا کریں گے۔؟ کس بات پر اقوام متحدہ بحث کرے گی؟؟"

" تم دونوں امن کی فاختائیں دنیا میں بے روزگاری پھیلا کر رہیں گی، اللہ رحم کرے۔" بابر پڑھتے پڑھتے تھک کر ہم میں آملا تھا۔ پھر وہی سیاست، کتابیں، شاعری اور پھر آخر میں وہی اس کا سوال۔ "دوپہر میں کیا پکا رہی ہو۔"

"بابر! تمہیں کھانے کے علاوہ کیا شوق ہے؟" میں چیخ پڑتی۔

" پینے کا۔" وہ مسخرے پن پر اُتر آتا۔ "بس اس کی تفصیلات اور جزئیات میں جانے کی ضرورت نہیں ہے تم دونوں کو۔"

"اچھا تم بتاؤ بابر! آج کیا کھانے کو دِل کر رہا ہے؟" نیلم ہنس پڑتی اور انتہائی صلح پسندی سے بابر کے گلے میں باہیں ڈال کر پوچھتی۔

"کچھ بھی باجی! بس زمرد کا دماغ نہیں ہونا چاہیے۔"

"بس بس!! کھانا آج امی جی پکا رہی ہیں کسی کو بحث نہیں کرنی تم اپنے کمرے میں جا کر پڑھو۔ اور تم زمرد! جلدی سے کپڑے استری کر کے نیچے کچن میں آجاؤ۔ میں جا رہی ہوں، امی جی کی مدد کرنے۔ ابا جی بھی آئے ہوں گے۔"

"اچھا۔" بابر اپنے کمرے میں جا چکا تھا۔

امی جی کو نیلم کی شادی کا خبط سوار ہو چلا تھا۔ بابر، جو گھر کے تمام ناموں کے حساب سے شاہی خاندان جیسا رعب داب والا تھا، کسی بادشاہ کے شہزادے سے کم سوچ نہ رکھتا

تھا۔ وہ شادی اتنی دھوم دھام سے کراتا کہ ہم سب غرارے شرارے سنبھالتے رہ جاتے۔

"زمرد تمہیں پتہ ہے۔۔۔امی کیا کہہ رہی تھیں؟" نیلم نے چائے کا کپ ہلکے سے مُنہ سے لگاتے ہوئے کہا۔

"کیا یہی ناں کے فلاں فلاں لوگ تمہیں دیکھنے آنا چاہتے ہیں۔ فلاں کا لڑکا تم سے تعلیم میں کم ہے۔ فلاں ٹھیک ہے مگر ہاں کرنے میں کئی رشتے دار اختلاف رائے کے بعد بچھڑ سکتے ہیں اور۔۔۔"

"اور یہ کہ ایسا کچھ نہیں کہا۔" نیلم ہنس پڑی۔

"تو امی جی سے کیا توقع کروں؟"

"پوچھ رہی تھیں کہ تمہارے ابا جی نے کہلوایا ہے کہ اگر تمہاری کوئی پسند ہے تو بتاؤ۔ ہم تمہیں کبھی ہرٹ نہیں کر سکتے۔"

"اوہ نو! امپاسبل۔۔۔" میں حیران ہو گئی تھی اس لیے کہ میں ابا جی سے اس روشن خیالی کی توقع نہیں کر رہی تھی۔ میں سوچ رہی تھی کہ وہ ایسے ہی ہیں، جیسے تایا جی تھے یا پھر بڑی پھوپھو نے جیسا اپنی لڑکیوں کے ساتھ کیا۔

"ہاں تم سچ کہتی ہو۔" نیلم نے تائید کی۔ "میں بھی یہ بات سن کر بہت حیران ہوئی تھی۔"

"پھر تم نے کیا کہا؟" میرا شوق بڑھ رہا تھا۔

"کچھ بھی نہیں اور کہوں بھی کیا؟ زمرد! تمہیں نہیں لگتا، لڑکی اللہ نے عجیب ہی مخلوق بنا دی ہے۔ سہمی سہمی، وہمی سی۔ ہر لڑکی ایک خواب کا دیا ہوتی ہے۔ وہ کبھی نہیں چاہتی کہ ٹوٹ جائے یا اسے کوئی توڑ دے۔ نہ ہی بجھنا چاہتی ہے اور نہ ہی کسی کو بجھاتے

ہوئے دیکھ سکتی ہے۔ بیچ درمیان کی یہ راہیں ہم لڑکیاں کیوں چُن لیتی ہیں؟ نہ کھل کر ہاں کہہ سکتی ہیں، نہ نہیں۔"

"نیلم! تمہاری کوئی چوائس ہے؟" میں نے ڈائریکٹ پوچھ ڈالا۔

"ابھی تک تو نہیں۔"

"بتانے سے ڈرتی ہو یا اعتبار نہیں ہے؟"

"نہیں، مجھے اپنے آپ سے اقرار کرنے کی ہمت نہیں ہے۔ میں خود سے آنکھیں ملا کر بات نہیں کر سکتی۔۔۔ امی کے سوال کے بعد کئی چہرے آکھڑے ہوئے ہیں میرے سامنے۔ اُن میں سے ہر ایک مجھے ناگزیر لگا پھر جب میں نے سوچا کہ کیوں ناگزیر ہے تو خود کو مطمئن نہیں کر سکی۔ زمرد! پلیز زمرد، میں اپنی فیلنگز صحیح طور پر واضح نہیں کر سکوں گی۔" نیلم کی آنکھیں ڈبڈبا گئیں۔

میں نے اُس کے ہاتھوں پر اپنے ہاتھ رکھ لیے۔

"سچ یہ ہے کہ ہمیں چہروں اور ڈگریوں کی نہیں، سمجھ اور آگہی کی رفاقت چاہیے ہوتی ہے۔ سمجھ اور شعور سے بنائے ہوئے گھر کبھی نہیں گرتے، انہیں مفلسی کی دیمک بھی نہیں لگتی۔ میں ٹھیک کہہ رہی ہوں ناں؟"

"ہاں سو فیصد۔۔۔!! تو۔۔۔"

"تو زمرد، میرے پاس کوئی گارنٹی نہیں ہے اور نہ کسی نے دی ہے، اُس سچ کی جسے چہروں اور ڈگریوں کی ضرورت نہیں ہوتی۔"

"بس پھر اسے خدا کے حوالے کر دو!" میں ہنس پڑی۔

"انسان ہمیشہ خدا کے حوالے ہوتا ہے۔ وہ جب چاہے جو کر دے۔ دیے جلاتا بھی ہے، بجھاتا بھی ہے۔ ہاتھ ہمارے ہیں تو کیا ہوا، ڈور تو اسی نے ہلانی ہے۔"

"نیلم! کبھی کبھی تم اس قدر قنوطی ہو جاتی ہو کہ مجھے ڈر لگنے لگتا ہے۔"

"پگلی!" اُس نے مجھے گلے لگا لیا اور مجھے یوں لگا، جیسے جلتے ہوئے دیے کی ہلکی ہلکی گرمی میں میَں بھی پگھل جاؤں گی۔

"ہاں، تمہیں بتانا بھول گئی کہ اس ویک اینڈ پر ہم سب آفس کے لوگ مل کر ٹھٹھہ پکنک پر جارہے ہیں۔ تمہارا کیا ارادہ ہے۔ چلوگی زمرد؟"

"نہیں بھئی، تم لوگ جاؤ، میں کیا کروں گی۔ ویسے بھی تمہیں پتہ ہے، امی بولتی رہتی ہیں۔ بابر الگ ناک میں دم کر دیتا ہے۔ اچھا تم کپڑے کون سے پہن کر جاؤ گی؟" پھر ہم دونوں گھنٹوں کپڑوں اور جوتوں سے باہر نہ آسکے۔ لڑکیاں جو ہوئیں! سج سنور لینے کی باتیں یا پھر دوسروں کی بُرائیاں بقول بابر کے بس یہ دو کام صنفِ نازک کی ذمے داریاں تھیں۔

"اور تمہیں پال پوس کر اس قابل کس نے کیا کہ اتنے ذی شعور ہو سکو کہ ایسی باتیں کرو۔" امی جی تو اُس کے کان تک کھینچ ڈالتیں۔

"بھئی، میں تو لڑکیوں کی بات کر رہا تھا، اَمّیوں کی تھوڑی۔" وہ بڑی وضاحت اور سچائی سے کہتا اور ہم سب صلح کے طور پر ہنس پڑتے۔

جس وقت نیلم پکنک پر جارہی تھی۔ میں نے اسے یاد کرایا کہ وہ کسی کو تو اسپیشل نظر سے ضرور دیکھ کر آئے تاکہ میری فائل اوپر آئے۔

"کیا اب میں یہ بھی کروں گی؟" نیلم حیران رہ گئی۔

"اگر تم گھر میں بڑی بہن ہو تو کیا ہوا کسی بزرگ کے فیصلوں میں رکاوٹ نہیں بننا چاہیے۔ اگر یونہی بڑی ہونے کا روگ لیے جیتی رہیں نا تو بچپن کے فوراً بعد اَدھیڑ عمری شروع ہو جاتی ہے اور پھر پلک جھپکتے بڑھاپا، کہو کیا منظور ہے۔" میں نے اُس کے آگے

ہاتھ پھیلائے۔

"ابھی کچھ نہیں۔ صرف مجھے جانے دو۔" اُس نے اپنے خوبصورت ہاتھ میرے ہاتھ میں دیتے ہوئے بڑی عجلت سے کہا۔ "اچھا امی کا خیال رکھنا۔"

"نکلتے نکلتے بھی نصیحت نہ بھولنا! جیسے میری تو کچھ لگتی نہیں ہیں۔"

"خدا حافظ !!"

نیلم۔۔۔ نیلم تمہارا کیا بنے گا! پتہ نہیں، تم اندر سے ویسی ہو جیسے بظاہر ہو یا پھر دوغلی ، دو رُخی۔۔۔ دو دنیا میں رہنے والے لوگ تو خود اپنے لیے روگ بن جاتے ہیں۔ بظاہر بڑے مطمئن و مسرور مگر اندر سے کتنے تنہا اور اُداس! شاید کہ ہر لڑکی یا پھر ہر سمجھدار لڑکی دو رُخی ہوتی ہے۔ دنیا کو خوش رکھنے کے لیے، ارد گرد سارے رشتوں کو قائم رکھنے کے لیے اپنے قیام کی جنگ اپنے اندر لڑتی رہتی ہے۔ ہارتی بھی رہتی ہے اور کبھی جیت بھی جاتی ہے۔ علی الاعلان جنگ کا بگل کبھی نہیں بجا سکتی۔ اگر نیلم تم نے سمجھداری کی چادر اوڑھ کر قناعت اور رضامندی سے ہاں کر دی تو کیا ہو گا، سب خوش خوش روز سو جایا کریں گے۔ بس تم نیلم، صرف تم رات بھر کروٹیں بدلتی رہو گی۔ اپنے آپ کو بہلانے کے لیے ہر وقت بہانوں کی تلاش میں رہو گی۔ میں جانتی ہوں کہ تم نے کسی پر اعتبار کر لیا ہے۔ تم نے ساری عمر کے لیے اپنی ذات کا محور تلاش کر لیا ہے۔ تمہاری آنکھوں کا حسن کئی ہفتوں سے بڑھ گیا ہے۔ تمہارے کپڑوں میں ایک نیا روپ بھرنے لگا ہے۔ ایسے کہ تم تیار ہونے کے لیے ایکسٹرا پانچ منٹ لینے لگی ہو۔ بات کرتے کرتے بڑی گہرائیوں میں اُتر جاتی ہو۔ میں جانتی ہوں، تم ڈرتی ہو۔ بڑی ہو نا! امی جان کی تربیت ہو۔ ہمارے لیے راہ عمل ہو! اباجی کا فخر ہو۔ کتنی بھاری ذمہ داریاں تمہارے نازک کندھوں پر ہیں۔ تم بڑی جو ہوئیں۔ نیلم پلیز!! میری اچھی بہن! اپنے لیے ایک اچھا سا فیصلہ کر کے آنا۔ ہر وقت جنگ

نہ کرنے کا اپنے آپ سے۔۔۔ میں تمہارا ساتھ دوں گی۔ ہم دونوں مل کر لڑکی کی بقا کی جنگ لڑیں گے۔ اوکے!، میں نے نیلم کی تصویر سے وعدہ لیا اور کچن میں چلی آئی۔

ابھی اُسے گئے دو گھنٹے ہی ہوئے تھے کہ اطلاع آئی کہ اس کی وین ڈالر سے ٹکرا گئی ہے اور اس میں صرف تین لوگ بچ سکے تھے مگر ان میں نیلم کا نام نہیں تھا۔

نیلم ہم میں نہیں تھی۔

کیوں نہیں تھی۔

وہ دیے کی طرح بجھ گئی تھی یا اُس نے سارے گھر کو بُجھا دیا تھا۔

وہ جو خوابوں کی باتیں کرتی تھی، اب خود خواب خیال ہو گئی تھی اُس کی پہلی برسی آئی اور گزر گئی۔ آج چوتھی برسی ہے۔ ہم میں سے کوئی بھی اُس کی غیر موجودگی کا عادی نہیں ہو سکا ہے۔ وہ بے حد غیر معمولی لڑکی تھی۔ اُس کا یوں چلے جانا حادثہ نہیں، سانحہ تھا۔

"امی جی کا خیال رکھنا!!" اُس کا آخری جملہ تو میں کبھی بھول ہی نہیں سکتی۔ اُس کا دِل پیار کا ساگر تھا۔ اُس نے ڈائری میں لکھا تھا۔ اُس کی اِس امانت کی میں تنہا راز دار اور مالک تھی۔

"میں اپنے گھر کے اعتبار کو قائم رکھنے کے لئے کچھ بھی کر سکتی ہوں۔ یہ سچ ہے کہ ساجد مجھے بے حد پسند ہے۔ لیکن یہ بھی سچ ہے کہ وہ ہماری فیملی اور ہمارے خاندانی رکھ رکھاؤ سے تعلق نہیں رکھتا۔ اباجی اس کے لئے کبھی راضی نہیں ہو سکتے۔ تو پھر میں ہاتھ پھیلا کر اپنی اَنا کو فقیر کیوں کروں۔ محبت تو عزت و توقیر کا نام ہے۔ اِس کا بھرم قائم ہی رہے تو اچھا ہے۔"

ساجد نیلم کا کلاس فیلو بھی تھا اور ان دونوں نے اِکٹھے ٹیلی کام جوائن کیا تھا! اتفاق سے

وہ پکنک پر نہیں گیا تھا لیکن یہ بھی سچ تھا کہ اس حادثے کے بعد وہ بھی اندر سے مر گیا تھا۔ بے حد ذہین اور انٹلیکچوئل سا ساجد بڑا اگریس فل تھا لیکن مذہب کے جس گروہی خطے سے ہمارا تعلق تھا، وہ اُس سے بہت دور رہتا تھا اور زبان اور خاندانی رسموں رواجوں سے بھی میل نہیں کھاتا تھا۔

نیلم تم صحیح کہتی تھیں کہ پیار ایسا سچ ہوتا ہے جسے کسی توقع اور بہلاوے کی ضرورت نہیں ہوتی۔ یہ تو سمجھ اور آگہی کے رشتے ہمیشگی کی رفاقت میں بدل جاتے ہیں۔ جہاں سمجھوتوں کا گزر نہیں ہوتا پھر آگے کے صفحے پر لکھا تھا۔

"ساجد سے آج آفس میں بات ہوئی اور یوں یہ طے ہو گیا کہ ہم میں سے دونوں ہی بزدل ہیں۔ میں گھر کی بڑی ہوں اور وہ گھر کا بڑا ہے۔ ہمیں اپنا اپنا بھرم رکھنا ہے۔ ساری عمر اس بوجھ کو لیے پھرنا ہے۔ پتہ نہیں، یہ قربانی رایئگاں جاتی ہے یا رنگ لاتی ہے۔ میں نہیں چاہتی کہ زمرد کے لئے کوئی مشکل ہو یا پھر ساجد کی تین چھوٹی بہنوں کے لئے یا پھر ہم لڑنا ہی نہیں چاہتے اور اس طرح ہم دونوں نے ساری عمر بہلنے کے لئے ہتھیار رکھ لیے ہیں۔ بس جو کچھ بھی ہے، قرار آنے کے لیے کم ہے۔"

کتنا مشکل کتنا کٹھن

جینے سے جینے کا ہُنر

نیلم، میری اچھی نیلم، تم مجھ میں آگئی ہو۔ تمہاری قربانی رایئگاں نہیں جائے گی۔ ہم لڑکیاں کس کس سے کہاں کہاں لڑیں۔ ہارنے میں بھی رُسوائیاں ہیں اور لڑنے میں بھی جگ ہنسائیاں۔ طبعاً ہم سب بزدل اور وہمی ہیں۔ ہم ہر لہراتی ہوئی چیز کو سانپ سمجھ کر ڈر جانے والی لڑکیاں دوغلی اور دورُخی ہی رہیں گی۔ اندر باہر دنیا بسائے رہنا ضرورت کی طرح ذہنوں میں رہے گا۔ ہر لڑکی کے دِل میں کوئی نہ کوئی ساجد مختلف بھیس اور نام بدل

کر رہتا رہے گا۔ چاہے وہ کسی کے ساتھ بھی عمر گزار دے۔

" زمرد بیٹی، نیلم کو گئے چوتھا سال آ چلا ہے۔ تمہارے ابا جی نے پچھوایا ہے کہ تمہاری پھوپھو اپنے چھوٹے بیٹے بلال کے لئے آئی تھیں لیکن تمہاری مرضی ہمیں چاہیے۔" امی جی نے محبت سے میرے کندھوں پر ہاتھ رکھ دیئے۔ پتہ نہیں، کب نیلم مسکراتی ہوئی ہمارے درمیان آ کھڑی ہوئی۔

" جو آپ کی مرضی امی جی۔" میں اُن کے گلے سے لگے بلک بلک کر رو پڑی۔ پتہ نہیں نیلم تمہیں یاد کر کے یا پھر ایک دِیا اور بُجھ جانے پر لیکن تم تو یہی چاہتی تھیں نا نیلم! میں نے اس کی ڈائری کو نذرِ آتش کر دِیا۔ اب اس کی حفاظت مجھ سے نہ ہو سکتی تھی۔ اُس کے راز، اُس کی باتیں اور اُس کی خواہش ایک روگ کی طرح میرے اندر جل رہی تھیں، دِیے کی طرح۔۔۔

(۶) اندھیرے میں کھڑا آدمی

فریدہ مسرور

درد بہت شدید تھا۔۔۔۔ اور رہ رہ کے اٹھتا تھا۔۔۔ کھڑے کھڑے اس کے پاؤں شل ہو چکے تھے لیکن وہ ہنوز کھڑا تھا۔۔۔ ششدر اور ساکت۔۔۔ کیونکہ وہ ایک باپ تھا محض ایک عام سا باپ۔۔ ایک بہت عام سے نوجوان کا بہت عام سا باپ۔۔۔ جس کی کہیں رسائی نہ تھی۔ کوئی جان پہچان نہ تھی، نہ اوپر تک اور نہ اندر تک۔۔۔

یہ کہانی دو راتوں کی کہانی ہے۔۔ ایک رات میں شروع ہوئی اور دوسری رات میں ختم ہو گئی۔ یہ اور بات کہ یہ دو راتیں ایک دوسرے کا دامن تھامے، آگے پیچھے نہیں آئی تھیں۔ ان دو راتوں کے مابین کئی اور راتیں بھی گزری تھیں لیکن کہانی کا تار و پود بس ان ہی دو راتوں کے بیچ بنا گیا ہے۔ ان میں سے جو پہلی رات، یعنی امنگوں سے سجی اور خوشیوں سے بھری رات تھی۔ گو کہ اس گھر میں، اس چھت کے نیچے اس سے پہلے بھی خوشیوں بھری راتیں آتی رہی تھیں لیکن یہ رات، یعنی مذکورہ رات کئی لحاظ سے بہت اہم یادگار اور منفرد رات تھی اسی لیے کہانی کا نقطہ آغاز یہیں سے کیا گیا ہے۔

اس رات کی سب سے بڑی خوش خبری تو یہ تھی کہ اس رات گھر کا سب سے بڑا اور چہیتا بیٹا پانچ سال بعد واپس آیا تھا۔ یہ پانچ سال اس نے طلب علم کی خاطر انگلینڈ میں گزارے تھے۔ تنہائی اور مشکلات میں گھرے پانچ سال۔۔۔ ایک ایسے ملک میں جہاں ہر طرح کی، ہر شے کی اور ہر بات کی آزادی میسر تھی، ایک ایسے ملک میں جہاں اعلیٰ تعلیم کا خواب بہت مہنگا تھا اور ایک ایسے ملک میں جہاں رنگ و مذہب کی بنیاد پر تعصب بھی

عروج کو پہنچا ہوا تھا، تنہائی اور مشکلات میں گھرے پانچ سال گزارنا، ہرگز بھی آسان نہیں ہوتا لیکن اس گھر کے سب سے بڑے بیٹے نے ،جو ہماری اس کہانی کا بنیادی کردار ہے ، یہ مشکل مہم سر کر ڈالی تھی اور بقول اس کے ، اس مہم میں میر ازادراہ کچھ بھی نہ تھا۔ سوائے والدین کی دعاؤں اور بچپن کی تربیت کے۔

یہ بچپن کی تربیت بھی خوب ہوتی ہے، اخلاقی اقدار اور خاندانی روایات دل کی زمین پر کچھ اس طرح جڑیں پکڑ لیتی ہیں کہ زمانے کی تند ہوائیں بھی انہیں نہیں ہلا سکتیں۔ انسان خود بھی اگر چاہے کہ انہیں اکھاڑ پھینکے تو ایسا ممکن نہیں رہتا کیونکہ وقت کے ساتھ ساتھ یہ جڑیں اندر ہی اندر پھیلتی جاتی ہیں ان سے برگ و بار پھوٹ پڑتے ہیں تب ان کا اکھاڑ پھینکنا، تن اور درختوں کو اکھاڑ پھینکنے کے برابر ہوتا ہے، سو اس امر میں درختوں کی جان تو جاتی ہے زمین کا سینہ بھی شق ہو جاتا ہے۔ سو اپنے سینے میں دھڑکتے دل کو تھپکتے ، سلاتے اور سرزنش کرتے کرتے اس گھر کے چہیتے بیٹے نے پانچ سال گزار دیئے۔ چہیتا وہ اس لیے بھی ہے کہ اس کی پیدائش کے بعد اس کے والدین کے گھر یہ نعمت دوبارہ نہیں اتری۔ ہاں رحمتوں کا نزول بے شک رہا، سو اس کی تین چھوٹی بہنیں تھیں جنہوں نے اس رات گھر بھر میں ہنگامہ بپا کر رکھا تھا اور اس ہنگامے میں ایک طرف ان کی پھلجھڑی جیسی ہنسی کے ستارے تھے تو دوسری طرف وہ مسکراہٹیں تھیں جو ان کی ماں اور ان کے باپ کے لبوں پر امنڈ رہی تھیں ، بار بار اور بے ساختہ۔۔۔۔ اور کیوں نہ ہوتا یہ سب کچھ۔۔۔؟ آخر پانچ سال بعد ان سب کا چہیتا اور لاڈلا وطن واپس لوٹا تھا۔ اعلیٰ تعلیم کی ڈگری لیے۔۔۔ کام کا تجربہ لیے۔۔۔ دل میں کچھ کر دکھانے کا عزم لیے۔۔۔ بڑھاپے کی طرف بڑھتے ہوئے اپنے والدین کی امیدوں کو پورا کرنے کی آرزو لیے۔۔۔ اپنی صلاحیتوں کو، اپنے ملک و قوم کی بہتری کے لیے استعمال کرنے کی لگن لیے ، جب یہ

نوجوان رات گئے اپنے گھر میں داخل ہوا تھا تو گھر بھر میں خوشی کی لہر سی دوڑ گئی تھی۔

اس رات، یعنی کہانی کی مذکورہ رات میں سارا گھر جاگتا رہا تھا۔ یہ رات ان سب کو کائنات پر محیط سی محسوس ہو رہی تھی۔ نوجوان کے پاس پردیس کے قصے تھے جو ختم ہونے میں نہیں آتے تھے اور ماں باپ کے پاس خاندان بھر کی خبریں تھیں جو اس نوجوان کی غیر موجودگی میں وقوع پذیر ہوتی رہی تھیں۔ جب کہ چھوٹی بہنوں کے پاس بہت سی حسین، طرح دار اور چاند چہرہ لڑکیوں کے تذکرے تھے جنہیں ان تینوں نے اپنے بھائی کی دلہن بنانے کے لیے نظر میں رکھا ہوا تھا اور بس اب تو بھائی کے ہاں کرنے کی دیر تھی ان بہت سی لڑکیوں میں سے کسی ایک کو دلہن بن کر اس گھر میں آجانا تھا۔

یہ ہنگامہ پرور رات کچھ اس طرح سے گزری تھی کہ سب گھر والے پو پھٹے تک جاگتے رہے تھے۔ پھر نیند ایک بے سدھ کر دینے والے سرور کی طرح آہستہ آہستہ ان سب کی آنکھوں میں اترنے لگی تھی۔ تب وہ سب سو گئے تھے، ایک آرام کی نیند۔۔۔ جس میں خوابوں کی پرچھائیاں تھیں۔

نیند ایک بشری تقاضہ ہے، سو وہ لوگ بھی سو گئے۔ سونا ان کے لیے اس لیے بھی ضروری تھا کہ ابھی دوسری رات آنی تھی جس میں انہیں ایک بار پھر جاگنا تھا اور جس میں ہماری اس کہانی کا انجام بھی ہو جانا تھا۔ ان دو راتوں کے درمیان بہت سے خالی دن تھے جیسے سوئٹر بنتے ہوئے ڈیزائن کی دو لائنوں کے بیچ بہت سے خانے سادہ بنائی سے بھر دیئے جاتے ہیں۔

پھر جب وہ دوسری رات گھر کی منڈیروں سے اترتی دھوپ کے ساتھ ساتھ آہستہ آہستہ اس گھر کے آنگن میں اتر رہی تھی۔۔۔ تب سب گھر والے آنے والی شام کی تیاریوں میں مصروف تھے اور گھر بھر میں ایک خوش گوار بحث چھڑی ہوئی تھی بہنوں کا

کہنا تھا کہ ہمارا ایک ہی بھائی ہے سو ان کی منگنی بھی دھوم دھام سے ہونی چاہیے لیکن ماں کا کہنا تھا کہ محض دو ماہ بعد شادی ہے تو پھر اب منگنی کی رسم سادگی سے ہونی چاہیے۔

"بھائی آپ بھی تو کچھ بولیں ناں۔" سب سے چھوٹی بہن نے زچ ہو کر بھائی کی مدد چاہی تھی۔

"گڑیا تمہاری بات ٹھیک ہے لیکن پرابلم یہ ہے کہ امی کی بات بھی ٹھیک ہے۔" اس نے ہنس کر کہا تھا۔

"یہ کیا بات ہوئی؟" گڑیا نے منہ بسورا"۔ دونوں باتیں ایک ساتھ کیسے ٹھیک ہو سکتی ہیں"۔

"ہوتا ہے بھئی، کبھی کبھی ایسا بھی ہوتا ہے۔" اس نے بہت پیار سے سمجھانا چاہا۔

"اچھا نا۔ ہوتا ہو گا بھئی۔" منجھلی بہن نے خفگی سے کہا۔ "ابھی تو صرف ہماری بات کریں آپ"

بھائی نے ہنس کر ان کی طرف دیکھا تھا۔ کچھ کہنے کے لیے منہ کھولا ہی تھا کہ دفعتاً چونک پڑا تھا۔ گھر کا مین گیٹ بہت زور سے دھڑ دھڑایا گیا تھا۔

"الٰہی خیر! اس وقت کون آگیا؟" ماں نے بے ساختہ وال کلاک کی طرف دیکھا جہاں ایک بج کر چالیس منٹ ہوئے تھے۔

"میں دیکھتا ہوں۔" نوجوان نے اٹھتے ہوئے کہا۔

"نہیں تم ٹھہرو۔" باپ نے فوراً اسے ٹوکا۔ کال بیل کے ہوتے ہوئے اس غیر مہذب دستک نے اس کے دل کو سہا دیا تھا۔ رات کے اس پہر شہر کے مخصوص حالات میں ایسی دستک عموماً کوئی خوشگوار پیغام نہیں لاتی، سو باپ نے اپنے چہیتے بیٹے کو روک لیا اور خود گیٹ کی طرف بڑھا۔ اس کے چہرے پر پریشانی نے جالا بن دیا تھا اور اس کا ذہن

تیزی سے یہ سوچنے میں مصروف تھا کہ گھر میں کون کون سے قیمتی اشیاء ہیں اور کہاں کہاں رکھی ہیں۔ زیور۔۔۔ نقدی۔۔۔ بانڈز۔۔۔ اور انگلینڈ ریٹرن بیٹے کے لائے ہوئے قیمتی تحائف۔۔۔ اوہ خدایا۔۔۔ جب تک وہ گیٹ تک پہنچا دستک تین بار دہرائی جا چکی تھی۔

"کون ہے؟" اس نے ہمت مجتمع کر کے پوچھا۔

"آپ دروازہ تو کھولیے"۔

ایک بھاری لیکن شریفانہ آواز سن کر باپ نے اپنے آپ کو تسلی دینی چاہی لیکن بے سود۔۔۔۔ ہاتھ کانپتے رہے تھے جب تک اس نے دروازہ کھولا تھا۔ دروازہ کھلتے ہی افراد جیسے ایک بھر امار کر اندر داخل ہوئے تھے۔ باپ نے پھٹی پھٹی آنکھوں سے یہ منظر دیکھا تھا اور پوچھنا چاہا تھا کہ کون ہو تم لوگ؟ اور اس طرح میرے گھر میں کیوں گھسے؟ لیکن آنے والوں کے سرغنہ نے جس کے چہرے پر کرختگی تھی یا شاید اس لمحے کے زیر اثر باپ کو نظر آ رہی تھی، اپنے ساتھیوں کو گھر میں ہر طرف پھیل جانے اور ہر طرح سے تلاشی لینے کا حکم دیتے ہوئے اسے قطعی نظر انداز کر دیا تھا۔ یہ حکم سن کر اندر کمرے میں موجود اپنے بیوی بچوں کا خیال آتے ہی باپ کے جسم میں شاید اس کرخت آدمی کے ساتھیوں سے زیادہ بجلی بھر گئی تھی۔ وہ تیزی سے اندر کی طرف بڑھا تو وہ کرخت آدمی اس کے ساتھ ساتھ تھا۔

"یہ سب کیا ہو رہا ہے ابو؟" بیٹے نے باپ کی صورت دیکھتے ہی شدید حیرت اور پریشانی سے پوچھا تھا۔

دہشت اور سراسیمگی کے احساس سے باپ کی آواز لکنت زدہ ہو گئی تھی۔ اس نے سہمی ہوئی بیٹیوں اور بیوی کی طرف دیکھا اور انہیں اپنی ڈھال میں لینے کو آگے بڑھا۔

"آپ سب لوگ یہاں صوفوں پر بیٹھ جائیں۔ ہم کسی کو پریشان کرنے نہیں آئے

ہیں"۔

سرغنہ نے انہیں تسلی دینی چاہی۔ شاید یوں کہ ان سب کے دہشت زدہ ہو جانے سے اس کے کام میں تعطل نہ آجائے۔

"لیکن یہ پریشان کرنا نہیں ہے تو اور کیا ہے؟"نوجوان نے جھنجھلا کر پوچھا۔

"میں نے کہا نا، آپ ایک طرف بیٹھ جائیں۔" سرغنہ نے سرد آواز میں کہا۔ اس کی نظریں کسی برمے کی طرح نوجوان کے جسم کو چھید رہی تھیں۔

"لیکن یہ پوچھنا میرا حق ہے۔"نوجوان نے اپنی عمر سے وابستہ جوش سے مغلوب ہو کر کہا۔

"ہم بھی بہت کچھ پوچھنا چاہتے ہیں۔ چند منٹ چپ کر کے بیٹھ جاؤ"۔

اس بار سرغنہ کی آواز میں دھمک تھی جو ماں اور باپ کو اپنے دل پر پڑتی محسوس ہو رہی تھی۔ ماں نے ہاتھ بڑھا کر بیٹے کو کھینچ لیا اور اپنے پاس بٹھالیا۔ باپ نے آنکھوں سے اشارہ کیا کہ وہ چپ رہے۔

چند لمحوں کے لیے کمرے میں گہرا سکوت اتر آیا۔ جس میں لڑکیوں کی گھٹی گھٹی سسکیوں اور سامان کے اٹھانے پٹخنے کی آوازوں کے سوا کچھ نہ تھا۔ تھوڑی دیر میں سارے گھر میں پھیلے ہوئے اہلکار واپس سرغنہ کے پاس پہنچ گئے اور اکھٹا کیا گیا سامان اس کے سامنے میز پر دھر دیا۔ یہ سامان دیکھ کر باپ اور بیٹے نے حیرت سے ایک دوسرے کو دیکھا۔ گھر کے تمام موبائل فونز، لیپ ٹاپ، بیٹے کی نہایت شوق سے خریدی ہوئی ڈھیروں سی ڈیز، فلاپی ڈسک، یو ایس بی، گویا وہ سب کچھ جس میں انفارمیشن کا ایک نقطہ بھی محفوظ ہو سکنے کا گمان ہوتا ہو۔۔ میز پر ان کے سامنے دھرا تھا۔

سرغنہ غور سے باپ اور بیٹے کے چہرے دیکھ رہا تھا اور اسی پوزیشن میں اس نے

اپنے ساتھیوں سے پوچھا۔ "کوئی اور مشتبہ چیز؟"

"نہیں سر!" کسی نے مشینی آواز میں جواب دی۔

اپنے شوق کو یوں برباد ہوتے دیکھ کر بیٹے نے خون کا گھونٹ پیا تھا۔ اسے یہ بات سمجھ نہیں آرہی تھی کہ ڈاکوؤں نے ابھی تک زیورات اور کیش کا تقاضا کیوں نہیں کیا تھا۔

سرغنہ نے سی ڈیز کو الٹ پلٹ کر دیکھا۔ موبائل سیٹ چیک کیے۔ پھر اس کا رخ بیٹے کی طرف ہو گیا۔ اپنی کھوجتی ہوئی آنکھوں سے اس نے اس کی آنکھوں میں گویا اندر تک دیکھ لیا اور اس پر سوالات کی بوچھاڑ کر دی۔ کہاں سے آئے ہو؟ کب آئے ہو؟ کیوں آئے ہو؟ واپس کب جاؤ گے؟ نہیں جاؤ گے؟ کیوں نہیں جاؤ گے؟ وہاں کیا کر کے آئے ہو؟

نوجوان حیرت ملے ہوئے تحمل سے اس کے سوالوں کے جواب دے رہا تھا اور ماں باپ کے دل گویا ان کے کانوں میں دھڑک رہے تھے۔ کسی انہونی کا خوف ان کے دل کو لرزائے دے رہا تھا۔ تب اچانک سرغنہ نے اپنے اہلکاروں کو اشارہ کیا تھا اور انہوں نے دونوں بازوؤں سے نوجوان کو دبوچ لیا تھا۔ ماں تڑپ کر اٹھی تھی۔ تب سرغنہ نے محض ایک جملہ بولا تھا۔

"ہم اسے تفتیش کے لیے لے جا رہے ہیں"۔

اس کے بعد زبردستی لے جائے گئے بیٹے نے پلٹ کر ماں باپ کو تسلی دینی چاہی تھی لیکن ہتک، بے بسی اور توہین کے احساس سے اس کا گلا رندھ گیا تھا۔ ایک اہلکار نے میز پر دھرا تمام سامان سمیٹ لیا تھا۔

ان سب کے بھاری قدموں سے گھر میں ایک گونج پیدا ہو رہی تھی۔ ایک ایسی

گونج جس میں ان گنت سوال چکرا رہے تھے۔ یہ سب کیا تھا؟ کیوں تھا؟ یہ کون لوگ تھے ؟ اسے کہاں لے گئے ہیں ؟ کیوں لے گئے ہیں ؟

ان سوالات کے جواب نہ ماں کے پاس تھے اور نہ باپ کے پاس۔ وہ تو ابھی صرف یہ سوچ رہے تھے کہ ان کے بیٹے کا قصور کیا تھا؟ اسے تفتیش کے لیے کیوں لے جایا گیا ہے ؟

وہ سب کتنا بھی سوچتے رہتے۔ حقیقت تو یہی تھی کہ ان کے بیٹے کو لے جایا جا چکا تھا اور یہ حقیقت اتنی ہولناک اور اتنی اذیت ناک تھی کہ ان کے سیدھے سادے دل اسے برداشت نہیں کر پا رہے تھے۔ عدم تحفظ کے احساس نے ان سب کو اپنی لپیٹ میں لے لیا تھا۔ گھر میں ماں اور بیٹیوں کی سسکیاں تھیں اور اکیلا کھڑا باپ تھا۔ جس کے کندھوں پر شدید تھکن اتر رہی تھی اور جس کی آنکھیں اس گم گشتہ جنت کو کھوج رہی تھیں جو ابھی کچھ دیر پہلے تک یہیں تھی۔ اس کے آس پاس تھی، اس کے دل میں تھی لیکن جواب کہیں نہیں تھی۔ اب اس کے آس پاس دہکتا ہوا جہنم تھا۔ اذیت سے بھرا انتظار تھا کہ کب صبح ہو گی اور وہ بیٹے کی رہائی کے لیے کوششیں کرے گا۔ اسے کچھ خبر نہیں تھی کہ پل پل کر کے گزرتی اس رات کے آخیر میں جو صبح آنی تھی اسکے دامن میں اس کے ذہین، لائق، فرماں بردار اور خوبصورت بیٹے کے لیے کیا لکھا تھا۔ اس پر کسی ہو چکی دہشت گردی کا الزام لگایا جائے گا یا کسی ہونے والی منصوبہ بندی کا ماسٹر مائنڈ سمجھا جائے گا؟ باپ کو کچھ خبر نہیں تھی۔ اسے یہ بھی خبر نہیں تھی کہ اس رات کی صلیب پر اپنا وجود لٹکائے اسے کب تک اور کہاں تک مارے مارے پھرنا ہو گا؟ اس لمحے اسکا جی چاہ رہا تھا کہ وہ پھٹ پڑے اور چیخ چیخ کر ساری دنیا کو بتا دے کہ کیا گزر رہی ہے اس پر۔ اس کے خواب، اس کے ارمان، اس کی محبتیں، اس کا کوئی در تھا نہ دریچہ۔ جہاں سے اس کی آواز باہر جا سکتی

تھی اور نہ روشنی کی کوئی کرن اندر آ سکتی تھی۔
یہ رات اسے صدیوں پر محیط لگ رہی تھی۔ وہ ہنوز اندھیرے میں کھڑا تھا۔ بے بسی اور بے خبری کے اندھیرے میں۔۔۔۔ بے یقینی اور بے توقیری کے اندھیرے میں۔۔۔۔ آج بھی سب گھر والے پوپھٹے تک جاگتے رہیں گے۔ پھر یہ رات تو ختم ہو جائے گی لیکن اس کہانی کو کتنے دنوں یا کتنے مہینوں یا کتنے سالوں تک چلنا ہے، یہ کسی کو خبر نہیں ہے۔

(۷) قصور کے کھُسے

روبینہ فیصل

دو لش پش کرتی عورتیں اور ان کا بناؤ سنگھار ،ایک میری خالہ اور ایک میں۔وہ عورتیں میری خالہ کے ساتھ تھیں، مگر میں ان کے بارے میں کچھ نہیں جانتی تھی۔ آج مجھے سیالکوٹ سے لاہور آئے دوسرا دن تھا۔میں جب بھی لاہور آتی یہاں کی خوبصورتی مجھے بہت بھاتی اور یہاں کی وحشت مجھے کہیں کا نہ چھوڑتی ، نہ جانے کیا تھا اس شہر کی ہواؤں میں کہ کہیں اڑ جانے کو جی چاہنے لگتا۔ جوانی کے شروع کے دن اور لاہور شہر۔۔ ان دو کا امتزاج کسی بھی ذی روح کو پاگل کر دینے کے لئے بہت ہے۔ یہاں آکر سڑک کے بیچوں بیچ کھڑے ہو کر ،ہر آتے جاتے شخص کو اپنی طرف متوجہ کرنے کو جی چاہتا۔ کبھی جی میں آتا اتنی اونچی ہنسوں کہ موٹر سائکلوں والے مڑ کر مجھے دیکھیں اور گاڑیوں والے شیشے نیچے کر لیں اور اونچی سے کہتے جائیں، کیا خوبصورت کھنک ہے۔۔ کبھی جی چاہتا کہ بس یونہی مر جاؤں۔۔اس شہر میں آکر جی بھر کر جینے کی اور کبھی ایک دم سے مر جانے کی تمنا ہوتی۔نہ جانے کیا تھا اس شہر کی ہواؤں میں۔۔مجھے تو خود پر ترس آنے لگتا۔۔۔

میں ،میری خالہ اور وہ دو لش پش کرتی ہوئیں عورتیں اور بس کی بے تحاشا بھیڑ۔مجھے کچھ سمجھ نہیں آ رہا تھا۔ اور اٹھارہ سال کی عمر ہو تو سمجھ ویسے بھی کم آتا ہے۔مجھے سیالکوٹ سے آئے دوسرا دن تھا، لاہور کے لاہور کالج میں داخلہ فارمز جمع کروا کر آئی ہی تھی کہ خالہ نے کہا۔۔ چلو ذرا قصور تک جانا ہے۔۔ اور میں نے بڑے بودے

طریقے سے پوچھا تھا۔۔ کیا قصور اتنا ہی نزدیک ہے کہ یونہی اٹھ کر لوگ چلے جاتے ہیں۔۔ خالہ بولی ہاہا۔۔ کیسی کم عقل لڑکی ہے۔۔ بدھو یہ تو قصور دھرا ہوا ہے۔ ادھر لاہور قصور لاہور بس میں بیٹھے، ادھر لاہور سے قصور اور قصور سے لاہور آ پہنچے۔۔ پھر بڑی تشویش بھری نظروں سے دیکھتے ہوئے بولیں۔۔ چلا، پھرا کرو۔۔ تمھیں تو زمانے کا کچھ پتہ نہیں۔ اور میں نے دل ہی دل میں ان کے بھول پن پر مسکرانا ضروری سمجھا کیونکہ میں تو اپنے آپ کو بہت پھنے خان سمجھتی تھی۔۔ ان دنوں غالب کا جادو سر چڑھ کر بولتا تھا۔۔ اور غالب پڑھ پڑھ کر سمجھتی تھی مجھے سب پتہ ہے اور مجھ سے زیادہ کسی کو پتہ نہیں۔ اور جس نے غالب پڑھ لیا اسے کسی اور چیز کا کیا پتہ کرنا۔۔ اس لئے میں خالہ کی بات پر دل میں ہی طنزاً ہنس پڑی۔۔ اب خالہ سے کیا کوئی بات کرے۔۔ یہ بڑی عمر کی عورتیں باتیں خوب کرتی ہیں۔ ساری عمر کا جسے تجربہ کہتی ہیں وہ ان کی اپنی حماقتوں کی کتاب ہوتی ہے جسے ہمہ وقت اٹھائے رکھتی ہیں اور اس پر ستم یہ کہ بڑے ناز سے اٹھائے پھرتی ہیں اور دوسروں کو دکھانے سے ذرا بھی نہیں چوکتیں، بلکہ فخر کرتی ہیں۔ توبہ

بس اب میں، خالہ اور اس کی دو سہیلی نما عورتوں میں گھری بیٹھی تھی، مجھے تینوں نے اپنے درمیاں کس کر بٹھا رکھا تھا، کسی لڑکے کا ہاتھ نہ چھو جائے، کوئی بزرگ یونہی نہ ٹکرا جائے، اور میں ان کی احتیاط سے مزید پریشان بیٹھی تھی۔ یوں لگ رہا تھا نہ جانے کونسے محاذ پر جا رہی ہوں؟ ویسے اب مجھے محاذ کی کچھ کچھ سمجھ آ رہی تھی۔۔ یہ جولش پش کرتی عورتیں تھیں۔۔ یہ اپنے بھائی کے لئے لڑکی دیکھنے جا رہی تھیں۔ اور چونکہ خالہ نے انہیں یہ رشتہ بتایا تھا اس لئے وہ اسے بھی ٹوکن کے طور پر ساتھ لئے جا رہی تھیں۔ اور میں شائد خالہ کی حوصلہ افزائی کے لئے ساتھ گھسیٹی گئی تھی، مگر مجھے کہا یہی گیا تھا کہ۔۔ آؤ تمھیں قصور کی سیر کروا لیں۔۔ جہاں کے کھسے بڑے مشہور ہیں اور جہاں بابا

بلھے شاہ جی کا مزار ہے۔ اور یوں میری سیاحت کی حس کو استعمال کر کے رشتہ دیکھنے والوں کے اس قافلے میں شامل کر لیا گیا تھا۔

کیونکہ میری خالہ جانتی تھی کہ مجھے بھیڑ بکریوں کی اس منڈی سے شدید گھن آتی ہے، اپنی مرضی سے کوء بولے، چلے، ناچ، گائے۔۔ رشتہ دیکھنے کے نام پر جو سرکس کے مطالبے لڑکیوں سے کئے جاتے ہیں، میں اٹھارہ سال کی عمر میں بھی ان سے بغاوت کر چکی تھی۔۔ اور یہ بات پورے خاندان میں سب کو پتہ تھی، اسی لئے خالہ نے مجھے سیر سپاٹے کے نام پر الو بنا کر گھر سے اس لاہور قصور لاہور کی بس پر آ بٹھایا تھا۔

ایک لش لش کرتی عورت جس نے تیز سبز رنگ کا سوٹ پہن رکھا تھا اور جب سورج کی روشنی اس پر پڑتی تو مجھے احساس ہوتا جیسے سبزے میں آگ لگ گئی ہو۔۔ ان کے چہروں پر خوبصورتی نہیں تھی، خدوخال تو بہت تیکھے تھے، شاعری کی زبان میں موزوں۔۔ مگر خوبصورتی کہاں تھی۔۔ وہ شائد ان کے اندر چاٹ گئے تھے۔ اندر کا روکھا پن بہت بے ڈھب طریقے سے آنکھوں سے۔، چہرے سے ڈھلک رہا تھا۔ وہ عورت بولی۔ اتنی گرمی میں اتنی دور جا رہے ہیں آگے دیکھو کیا دیکھنے کو ملتا ہے۔

میری خالہ نے جھٹ سے اپنا پلو جھاڑا، اپنے کندھوں سے بوجھ پھینکتے ہوئے بولیں۔۔ بھئی میں تو لڑکی کے بھائی سے ملی ہوئی ہوں، میرے ساتھ ہی کالج میں پڑھاتا ہے، وہ تو بڑا ہینڈسم ہے میری شادی نہ ہوئی ہوتی اور اس کی بھی نہ ہوئی ہوتی تو میں تو اسے کہیں نہ جانے دیتی۔۔

اور اس بات پر سب نے مل کر قہقہہ لگایا، اور بس میں کھڑے سب لوگ ان کی طرف متوجہ ہو گئے اور میں نے انجان بنتے ہوئے جلدی سے منہ کھڑکی کی طرف کر لیا، اور باہر کے نظاروں میں یوں کھو گئی جیسے ان بڑی عمر کی عورتوں کی کوئی بات مجھ تک نہیں

پہنچی، جیسے بس میں کھڑے، پسینے کی بو چھوڑتے آدمیوں کی قہقہے کو گھورتی آنکھیں مجھے نظر نہیں آئیں۔ قہقہے اور گھوری دونوں سے میں نے نظر چرائی اور سڑک کے کنارے کنارے چلتی ایک بھینس کو بہت رشک سے دیکھا۔۔ کیسی آزاد فضا میں گھوم رہی تھی، اور بس کے اندر تو سگریٹ کے دھوئیں اور نظروں کی تپش سے گھٹن بڑھتی جا رہی تھی۔

بس سے اترتے ہی پھیپھڑوں میں سانس بھری۔۔ اور میں نے پہلی دفعہ سوچا اتنی گھٹن میں تو زندگی کا سارا جوش مر جاتا ہے۔۔ کیونکہ پورے سفر میں میں سخت کوفت میں مبتلا ایک دفعہ بھی نہ ہنس سکی، نہ بول سکی اور نہ ہی لوگوں کو متوجہ کرنے کا جنون میرے اندر جاگا۔۔ نہ مرنے کی خواہش ابھری اور نہ ہی ہوا کی تازگی محسوس ہوئی۔۔ کوفت نے اندر سے اتنا بھر دیا کہ بوڑھا ہی کر دیا۔۔ اب مجھے سمجھ آئی روز ایسی بسوں میں سفر کرنے والے پل بھر میں بوڑھے کیوں ہو جاتے ہیں۔۔ گھٹن انہیں برباد کر کے رکھ چھوڑتی ہے، کسی جوگا نہیں چھوڑتی تو وہ کیا کریں، سو وہ بوڑھے ہو جاتے ہیں۔

بس سے اترتے ہی سب نے شکر ادا کیا۔۔ تانگے والے کو اس ہینڈسم پروفیسر کا نام بتایا جو میری خالہ کے کالج میں پڑھاتا تھا اور جو اگر شادی شدہ نہ ہوتا تو میری خالہ نے اسے جانے نہیں دینا تھا۔ چھوٹے شہروں کا ایک مزہ یہ بھی کہ نام بتاؤ۔۔ یا کام بتاؤ۔۔ یعنی مطلوبہ پتے پر پہنچنے کے لئے اس کے باسی کا نام بمعہ اسکے کام کے یعنی پیشے کے۔۔ تانگے والے رکشے والے پل بھر میں پہنچا دیتے ہیں۔ بلکہ پہنچاتے پہنچاتے۔۔ اس کے آباء و اجداد کی پیدائش سے لے کر مرنے تک کا سب احوال گوش گذار کر دیتے ہیں۔ اور یوں راستے میں پروفیسر تقی کے پورے گھرانے کے مردوں سے ہم واقف ہو گئے تھے۔ ہم چار خواتین، جن میں سے میری عمر فقط اٹھارہ سال تھی، اور وہ دو عورتیں جو اپنے (طلاق یافتہ ایک بچے کے باپ)۔ بھائی کے لئے رشتہ دیکھنے آئی تھیں، نے جب اس گھر کا دروازہ

کھٹکھٹایا جہاں اندر کہیں وہ لڑکی شرمائی بیٹھی تھی، تو نہ جانے کیوں میں اپنی اس ناپختہ عمر میں ہلکا سا لرز گئی۔۔ میں کس چیز کا حصہ بننے جارہی تھی، جو کل میرے ساتھ بھی ہونا ہے اور میں بھی یونہی بہت ساری نظروں کے نشانے پر ہونگے، کوئی دیکھے گا، کوئی دیکھنے کے قابل بھی نہیں سمجھے گا۔۔ جو میری آنکھ، کان، ناک سب کو جانچیں گے۔ بہانے سے میری آواز سنیں گے، نظروں میں میرے اعضاء کی پیمائش کریں گے، اور مجھے چلا کر میرے قد کو ناپیں گے اور لنگڑے نہ ہونے کی تسلی کریں گے۔ وہ تو دور کی بات ہے میں اسی مہم جوئی کا حصہ بننے جارہی تھی۔۔

خیالوں کے انہی جزیروں میں بھٹکتے ہوئے، مجھے پتہ ہی نہیں چلا کب دروازہ کھلا اور کس نے کھولا، ہم اندر کیسے پہنچے، کرسیوں پر کیسے بیٹھے اور ہمارے آگے شربت کے گلاس کب آ گئے۔ میں اس کمرے میں اس وقت آ کھڑی ہوئی جب میری خالہ کی ایک سہیلی بڑی پاٹ دار آواز میں کہہ رہی تھی ہم شربت نہیں پئیں گے، بس ذرا لڑکی دکھا دیں۔ بہت جلدی ہے۔ بہت کام چھوڑ کر، مشکل سے وقت نکال کر اس کام کے لئے یہاں پہنچے ہیں۔۔ بہن جی ذرا جلدی کر دیں۔۔ اور لڑکی کی ماں پر میری نظر پڑی، میں نے شرمندگی سے جلدی سے نظر جھکا لی، جیسے سارا گناہ میرا ہو۔۔ جیسے یہاں تک آنے کا، نخوت سے ناک سکوڑ کر چھوٹے سے گھر کو دیکھنے کا، شربت کے گلاس کو تکبر سے پیچھے دھکیلنے کا، اور لڑکی کو جلدی جلدی دیکھنے کا ارادہ۔۔۔ جیسے یہ سب گناہ میں نے کئے ہوں اور ان سب کی میں اکیلی ذمہ دار ہوں۔ میں نے اس وہم سے ڈر کر جلدی سے ہاتھ بڑھایا اور شربت کا گلاس غٹا غٹ چڑھا لیا اور اپنے تئیں کچھ گناہ کا بوجھ کم کر لیا۔۔۔ خالہ کہہ رہی تھی گھر اچھا نہیں نکلا، مگر مجھے یقین ہے کہ لڑکی بہت پیاری ہو گی۔ اس کا بھائی تو اتنا پیارا ہے۔ ہم نے کونسا لڑکی ادھر بیاہنی ہے جو گھر کو دیکھیں، ہم نے تو یہاں سے لڑکی لے جانی

ہے۔ اور ان سجی سنوری عورتوں میں تھوڑی سی اطمینان کی لہر دوڑی۔ اور اندر سے شائد وہ چاہ بھی یہی رہیں تھی، اپنے طلاق یافتہ بھائی کے لئے غریب گھر کی پیاری سی لڑکی۔ جو ان کی خدمت بھی کرے اور دب کر بھی رہے۔ مجھے یہ سب کبھی بھی پتہ نہ چلتا، اگر بس میں سفر کے دوران وہ کھلم کھلا اپنی اس نیت کا اظہار بار بار نہ کرتیں۔

مگر لڑکی کے داخل ہوتے ہی کمرے میں موت کا سناٹا چھا گیا۔۔ خوبصورتی اور بد صورتی تو دور کی بات، لڑکی کے چہرے پر ابنارملیٹی کی بڑی واضح چھاپ تھی۔ اس کے نقوش مسخ تھے اور اس کا سر قدرے چھوٹا تھا۔ اور وہ نارمل لڑکی ہی نہیں تھی۔۔ اور میں نے جلدی سے خوفزدہ ہو کر ان عورتوں کی طرف دیکھا جو بس کی تھکاوٹ، موسم کی تپش اور گھر کی غربت سے پہلے ہی نالاں بیٹھی تھیں۔۔۔ میں اندر ہی اندر کانپنے لگی۔۔۔ اور وہ سب سکتے میں بیٹھی رہیں۔۔ سکتہ اس وقت ٹوٹا جب وہ لڑکی اپنی ماں کے ساتھ کمرے سے نکل گئی اور وہ عورتیں غصے سے میری خالہ کو دیکھنے لگیں۔۔ اور میری خالہ مجرم سی بن کر بیٹھ گئی۔ اور اپنی صفائی کچھ یوں دینے لگی: مجھے کیا پتہ تھا۔ دیکھو لوگ کیسے دھوکا دیتے ہیں، تقی کو تو مجھے تھوڑا سا بتا دینا چاہیئے تھا کہ لڑکی ابنارمل ہے، ارے یہ کوئی کردار کی بد صورتی تھوڑی ہے جو چھپائی جا سکے، یہ تو چہرے کی سامنے دھری بد صورتی ہے۔۔ ارے کیا یہ لوگوں کو پاگل سمجھتے ہیں۔۔

اور دوسری عورت جس نے اتنی گرمی میں بھی تیز گلابی رنگ پہن رکھا تھا تنک کر بولی۔۔ ارے یہ لوگ سمجھے ہونگے کہ ہمارے بھائی کی دوسری شادی ہے تو سب ناقص مال چل جائے گا۔۔ ارے سوچا بھی نہیں ہمارا بھائی اتنا پیارا۔۔ اتنا پڑھا لکھا۔۔ ارے شرم ہی نہیں لوگوں میں۔

خالہ ہاں میں ہاں ملاتے بولی ارے میں تو تقی کی بڑی عزت کرتی تھی۔۔ دل سے ہی

اتر گیا وہ بھی۔ کیسے گھنے لوگ ہوتے ہیں۔

میں نے ہلکے سے خالہ سے کہا، خالہ آہستہ بولیں وہ سن نہ لیں۔۔ خالہ نے غصے سے میرا ہاتھ پیچھے جھٹکتے ہوئے۔۔ہائے ہائے سن لیں۔۔۔ آج گاڑی خراب ہو گئی ادھر آنے سے پہلے۔۔ ہمیں تو اسی بد شگونی کو سمجھ جانا چاہیئے تھا۔ ارے اتنی گرمی میں بس میں دھکے کھاتے پہنچے۔ اور کیا دیکھا، ایمان سے متلی ہو رہی ہے۔

سبز کپڑوں والی عورت اپنے قیمتی رومال سے میک اپ سے بھرے چہرے سے پسینہ صاف کرتے ہوئے بولی۔۔ ارے اس سے اچھا تو بلھے شاہ کے مزار پر حاضری کے لئے یہ کشٹ کر لیتے۔ اتنی خجل خواری اس پاگل کے لئے۔

میں نے روہانسی ہو کر کہا۔۔۔ خالہ آہستہ بولیں وہ سن نہ لے۔۔ خالہ اس سے بھی تیز آواز میں ارے سن لے پاگل ہے۔ سن بھی لے گی تو سمجھ تھوڑی ہی اسے آئے گی۔ اور تمھیں کس بات کی پریشانی ہے۔ ہمارے ساتھ تھوڑی زیادتی ہوئی ہے۔

گلابی کپڑوں والی خالہ کی سہیلی بڑی ناراضگی سے خالہ کو دیکھتے ہوئے بولی رخسانہ اس سے اچھا تو تم ہمیں جوتوں کی دکان پر لے جاتی۔ ارے سنا ہے قصور کے کھسے بہت خوبصورت ہوتے ہیں۔

سبز کپڑوں والی بڑی مدھم سی آواز میں بولی۔۔ اس لڑکی سے اچھے تو قصور شہر کے کھسے ہیں۔

اور میں نے اللہ سے چپکے سے کہا۔۔ اس لڑکی نے بس یہ نہ سنا ہو۔۔۔

چلو چلو اور وہ تینوں یوں بھاگیں۔۔ میں ان کے پیچھے لپکی۔ گھر والوں میں سے کوئی بھی ہمارے پاس ابھی نہیں تھا، سب باورچی خانے میں بھاگم دوڑ میں ہمارے لئے کھانے کا انتظام کر رہے تھے، ان تینوں کو بیرونی دروازے کی طرف بھاگتے دیکھ کر اس لڑکی کی ماں

جلدی سے باہر آئی۔ گلابی اور سبز کپڑوں والی دونوں عورتیں دروازے پر لگے ٹاٹ کے پردے سے باہر تھیں، میری خالہ مروت میں کچھ ٹھٹکی، کچھ جھجکیں، اور ٹاٹ کے پردے کو ہاتھ میں تھامے تھامے بولی بس بہت وقت ہو گیا ہے۔ ہم آپ کو فون کر دیں گے۔

ماں جلدی سے بولی ہمارا نمبر تو لے لیں۔ اس کا بس نہیں چل رہا تھا زمین پر لیٹ جائے اور ان کے آگے ہاتھ جوڑ دے اور بس انہیں جانے نہ دے۔ مگر وہ دونوں عورتیں گل میں جا کھڑی ہوئیں۔۔ اور خالہ کا آدھا بدن گھر میں اور آدھا ٹاٹ کے پردے سے ہوتا ہوا باہر گلی میں۔۔

میں نے اپنی طرف سے رک کر، سمجھ کر اور ان کا دل رکھنے کو کہ کہیں وہ سمجھ ہی نہ جائیں۔۔ کہیں وہ ہماری دوڑ سے ٹوٹ ہی نہ جائیں۔۔ جتنا میں اس ٹوٹنے کو روک سکتی تھی ،اپنی طرف سے میں نے ہاتھ پاؤں مارے۔ اور کسی ڈوبتے کو تنکے جیسا سہارا دینے کی کوشش کی اور وہیں کھڑے ہو کر بڑے سکون سے کہا، آنٹی مجھے نمبر دے دیں۔ اور میں نے خالہ کی طرف نہیں دیکھا، کیوں کہ میں جانتی تھی کہ وہ مجھے شعلہ بار نگاہوں سے گھور رہی ہے، اور جلدی بھاگنے کا اشارہ دے رہی ہیں۔۔ مگر اس وقت مجھے یہ مقصود تھا کہ میں اس بدبخت گھر میں یہ احساس نہ آنے دوں کہ یہ عورتیں، جو ان کی بیٹی کو دیکھنے آئی تھیں ، سر پر پاؤں رکھ کر بھاگی ہیں تو اسکا کارن ان کی بیٹی کی بے تحاشا بدصورتی ہے ، ابنارمیلٹی ہے۔ میں لڑکی کے آگے نارمل تاثر دینے کی کوشش میں، لڑکی کی آنکھوں میں آنکھیں ڈالے ، اس سے اس کا فون نمبر مانگ رہی تھی۔ میں اس وقت اٹھارہ سال کی تھی مگر میرے کندھے اس لڑکی کو دکھ سے بچانے کے بوجھ میں ایسے جھک گئے جیسے میں اٹھاون برس کی ہوں۔۔۔ اور اس نے مسکراتے ہوئے فون نمبر میرے ہاتھ پر رکھ دیا، جو اس کی ماں نے اسے تھمایا مجھے دینے کے واسطے۔۔۔ اسکی ماں اور میں دونوں یہ کوشش کر

رہے تھے کہ لڑکی کو یہ نہ پتہ چلے کہ کمرے سے لے ٹاٹ کے پردے تک ایک دم اس کے چہرے کے لئے اتنی نفرت بھر گئی تھی، کہ لوگوں کا سانس گھٹنے لگا تھا اور اسی لئے وہ پردے کے دوسری طرف تازہ ہوا اپنے اندر اتار رہے ہیں۔۔۔ اور اس نے مسکراتے ہوئے فون نمبر کی چٹ میرے ہاتھ پر دھر دی اور میں نے شکر کیا کہ اسنے کچھ نہیں سنا، کچھ نہیں سمجھا اور کچھ نہیں دیکھا۔۔ اور میں نے اس سے ہاتھ ملایا۔۔ اور حتی الامکان نارمل رہتے ہوئے اسے خدا حافظ کہا۔۔۔ اور جاتے جاتے پھر اس کی ماں کو کسی اٹھاون سال کی عورت کی طرح یقین دلایا کہ۔۔۔ ہم فون ضرور کریں گے۔۔۔ اور اس لڑکی نے جس کا نام بھی کسی نے نہیں پوچھا تھا، میرے پاس آتے اور پھر سے مجھ سے ہاتھ ملاتے ہوئے بولی۔۔ ہاں فون کرنا۔۔ اور مجھے یہ ضرور بتانا کہ کیا قصور شہر کے کھسے مجھ سے زیادہ اچھے ہیں؟ اور میرے ہاتھ سے چٹ چھوٹ گئی اور اس نے اپنی ماں کی طرف مسکرا کر دیکھا اور پھر میرے لئے ٹاٹ کا پردہ اٹھا دیا۔ میں فون نمبر اٹھانے جھکنے ہی والی تھی کہ اس نے اس چٹ پر اپنا پاؤں رکھا اور اسے مسل دیا۔۔۔ اور ایسا کرتے ہوئے اس کے چہرے سے مسکراہٹ غائب ہو گئی۔ اور میرا پورا بدن کانپ اٹھا۔۔۔

(۸) یہ کیسی محبت تھی

تانیہ رحمان

محبت اپنے اندر بہت سے خوبصورت رنگ چھپائے ہوئے ہے لیکن یہ دیکھنے والے کی نظر اور سوچ پر منحصر ہے کہ وہ اس کو کیسے دیکھتا اور سوچتا ہے۔ محبت ایک خوب صورت احساس ہے، محبت ایک حسین جذبہ ہے، محبت آسمان پہ پھیلے ہوئے قوسِ قزح کے وہ سات رنگ ہیں جن پر نظر پڑتے ہی آنکھوں میں چمک اور ہونٹوں پر مسکراہٹ آ جاتی ہے۔ محبت نام ہے دینے کا جس میں کوئی سودے بازی نہیں، یہ تو بے غرض ہے یا تو ہوتی نہیں، ہوتی ہے تو بس ہوتی ہے۔" میں سعادت حسن منٹو کے افسانے میں گم تھی، منٹو جو میرا پسندیدہ افسانہ نگار ہے

"دیکھو کون ہے باہر کب سے ڈور بیل بج رہی ہے، نہ جانے کہاں چلے گئے سب کے سب۔" ہر کوئی اس چکر میں رہتا ہے کہ اس کو دروازہ نہ کھولنا پڑ جائے، اور خاموش رہنے میں ہی اپنی عافیت سمجھتا ہے

"میں دیکھتا ہوں بٹیا" دینو بابا کی آواز آئی

ہمارے دینو بابا بھی کمال کے موڈی انسان ہیں اگر دل ہو تو پورے گھر کے کام ان کے ذمّے اور اگر انہوں نے نہ کر دی تو کیا مجال کوئی ان سے ہاں تو کروالے۔ انکی نہ تو صدر بش کی نہ سے بھی زیادہ پتھر پر لکھیر ہوتی ہے۔

اسی وقت ٹی وی پر نور جہاں کی مسحور کن آواز گونجنے لگی۔ "مجھ سے پہلی سے محبت میرے محبوب نہ مانگ۔"۔

فیض احمد فیض کی یہ نظم مجھے بہت پسند ہے میں نے کتاب ایک طرف رکھ دی کیونکہ ایک وقت میں میں منٹو اور نور جہاں دونوں کے ساتھ انصاف نہیں کر سکتی تھی

"خبروں کا وقت ہوا چاہتا ہے" ٹی وی پر زیادہ خبریں ہی تو ہوتی ہیں۔ یہ کون سی نئی بات تھی بھلا۔

"میں ہوں ثناء سب سے پہلے اہم خبریں۔" میں نور جہاں کی جادو بھری آواز کے سحر سے نکلی، اب میری نظریں ٹی وی اسکرین پر جمی ہوئی تھیں۔

"یو کے، کے شہر لیڈز میں ایک خاتون نے پہلے اپنے تین عدد بچوں کو ریل کی پٹڑی پر دھکا دیا اور اس کے بعد خود بھی چھلانگ لگا کر خودکشی کر لی۔" اس خبر نے جیسے مجھے ہلا کر رکھ دیا۔

"کوئی ماں اپنے بچوں کو کیسے مار سکتی ہے ؟"۔ یوں لگا جیسے میرے ماضی کے بند دریچے آہستہ آہستہ کھلنے لگے اور میں اس لمحے کو یاد کرنے لگی جب کافی عرصے کے بعد ثمینہ مجھے میرے کزن کی شادی میں ملی تھی۔

ظالم ہمیشہ کی طرح خوبصورت ساتھ میں دو گول مٹول سے بچے۔ شادی کے بعد پانچ سال بعد اور بھی پُر کشش نظر آ رہی تھی۔ ہاں تھوڑی سی موٹی ضرور ہوئی تھی۔ ثمینہ کو پڑھنے کے سوا ہر چیز پسند تھی۔ گانے اور ناچنے کے ساتھ ساتھ ہر وقت بننے سنورنے کا بے انتہاء شوق۔ کالج میں بھی وہ میری اس بات سے خفا ہوتی کہ میں اس کو پڑھنے کا کہتی۔

اپنی پیاری دوست کو اتنے سالوں بعد دیکھا تو میری خوشی کی کوئی انتہاء نہ تھی اور یہی حال اس کا بھی تھا۔ چونکہ کافی عرصے بعد ملے اس لیے بہت سے سوالات کا دماغ میں گردش کرنا کوئی بڑی بات بھی نہ تھی۔ میں بھی اس کے ساتھ بیٹھ گئی جہاں وہ ہمیشہ کی طرح ڈھولک سنبھالے ہوئے تھی۔ کوئی تقریب ہو شادی کی ڈھولک ہمیشہ ثمینہ ہی بجاتی

تھی۔ دونوں بیٹوں کی آنکھوں میں ایک خاص قسم کی شرارت تھی۔ آمنے سامنے بیٹھے ہوئے بار بار وہ اپنی ماں سے ڈھولک چھیننے کی کوشش میں لگے ہوئے تھے جن کو وہ وقفے وقفے سے غصہ کر کے پیچھے ہٹاتی۔ رات گئے تک مہندی کی رسمیں چلتی رہیں۔ اس کے بعد ہم دونوں اور بچے کمرے میں سونے کے لیے آ گئے تھے۔ جب بچے سو گئے تو مجھے یوں لگا جیسے وہ مجھ سے کچھ کہنا چاہتی تھی۔ بات کو میں نے آگے بڑھایا اور پوچھ بیٹھی۔

"تم نے اچانک کالج کیوں چھوڑا؟" تھوڑی دیر خاموشی رہی، جیسے وہ الفاظ کو جمع کر کے کوئی مضمون بنانا چاہ رہی ہو۔ اس کی کھوئی ہوئی آواز نے جمود توڑا۔

"بہت کچھ بولنا ہے تم سے۔" میں نے جواباً ہاتھ اس کے ہاتھوں پر رکھ دیا۔

"میری یہ شادی محبت کی شادی ہے۔ میری شادی پر کوئی خوش نہیں تھا نہ ماں، باپ نہ ماموں، خالہ لیکن مجھے ان سب کی پروا کب تھی۔ میں تو بس اتنا جانتی تھی کہ میری ضد کے آگے کچھ نہیں ہو سکتا۔ میں نے ندیم کو دل و جان سے چاہا۔"

"ندیم تم کو کہاں اور کیسے ملا؟"

"میں کالج جاتے ہوئے بس کی کھڑکی سے آتی جاتی گاڑیوں کو دیکھ رہی تھی۔ ایک سفید رنگ کی گاڑی پر میری نظر ٹھہر سی گئی۔ بس کے ساتھ ساتھ چلتی ہوئی گاڑی میں بیٹھا شخص میری طرف دیکھ کر مسکرا رہا تھا۔ وہ ندیم ہی تھا۔ اب تو روز ایک نئی گاڑی کے ساتھ وہ آتا۔ اس کو دیکھنے کے بعد تو مجھے یوں لگتا جیسے میرا دل دھڑکنا بند کر دے گا۔

ایک دن ہلکی ہلکی بارش ہو رہی تھی۔ میں ابھی بس اسٹاپ پر پہنچی ہی تھی کہ ایک جھٹکے کے ساتھ ندیم کی کار آ کر رکی۔ مجھے گاڑی میں بیٹھ جانے کو کہا۔ مجھے لگا میرے اپنے بس میں کچھ نہیں رہا۔ میرا ریموٹ کنٹرول تو اس کے پاس ہے۔ میں جھٹ سے گاڑی کی فرنٹ سیٹ پر بیٹھ گئی اور اپنے چہرے سے بارش کے قطروں کو ہاتھ سے صاف کرنے لگی۔

تب ندیم نے اپنا ہاتھ میرے ہاتھوں پر رکھ دیا۔"

"ڈر لگ رہا ہے۔" میں نے نگاہیں اٹھا کر ندیم کی طرف دیکھا۔ "تم نہیں جانتیں کہ میں تمہیں کتنا پسند کرتا ہوں۔ ثمینہ میں تمہارے بغیر نہیں رہ سکتا۔ میں تم کو اپنے گھر اور دل کی ملکہ بنانا چاہتا ہوں۔" تب میں نے اپنے آپ کو اتنا اونچا محسوس کیا جیسے ساری دنیا قدموں تلے ہو۔

یہ نہیں تھا کہ اس سے پہلے کسی نے مجھ سے محبت کا اظہار نہیں کیا لیکن مجھے تو کسی شہزادے کا انتظار تھا جو سفید گھوڑے پر آئے گا۔ آیا تو شہزادہ ہی تھا، میرے سپنوں کا لیکن سفید گاڑی میں"۔ میں نے اس دوران ایک نظر ثمینہ کے چہرے پر ڈالی جو آنکھیں اوپر کیے چھت کو گھور رہی تھی۔ ثمینہ بہت دکھی لہجے میں بولی۔

"جانتی ہو سب سے بڑا گناہ مڈل کلاس ہونا ہے اور جس کا احساس میرے اندر کوٹ کوٹ کر بھرا ہوا تھا۔ ہم یا تو پیدل چلنا یا بس میں سفر کرنا افورڈ کر سکتے ہیں اور ایسے میں ایک امیر کبیر چاہنے والا مل جائے تو مجھ جیسی لڑکی کو اور کیا چاہیے تھا بھلا۔ میں اپنے آپ کو ملکہ تصور کرنے لگی جو اپنی سلطنت کی مالک ہے جو راج کرنا چاہتی ہے، جیسے میرے چاروں طرف نوکر چاکر بھاگ دوڑ رہے ہوں۔ واپسی کا ٹائم ہو چکا تھا ندیم سے دوری کا درد برداشت نہیں ہوتا تھا لیکن کل ملنے کا وعدہ کر کے اللہ حافظ کہنا پڑا۔ گھر کی آخری سیڑھی پر قدم رکھا تو حسبِ معمول امی کو کچن میں ہی پایا۔

دو کمروں کا یہ سرکاری گھر۔ ایک کمرا امی، ابو کے پاس اور دوسرا بڑا کمرا جو کہنے کو تو ڈرائنگ روم تھا۔ ایک صوفہ سیٹ پر جس کی غربت بین کر رہی تھی، کونے میں میری چار پائی اور ابو کے دفتر سے لائی ہوئی پرانی لوہے کی الماری۔ سب کچھ کبھی نہ بدلتا تھا۔

بو سرکاری کلرک تھے۔ مجھ سے پہلے دو بہن بھائی پیدا ہوتے ہی اللہ کو پیارے ہو

گئے۔ اسی لیے گھر بھر کی لاڈلی تھی۔ میں امی کو نظر انداز کر کے اپنے کمرے کی طرف چل دی۔ اب تو یہ معمول بن گیا کہ گھر سے کالج کے لیے نکلتی اور سارا دن گھوم پھر کر آ جاتی۔ ہم ایک دوسرے کے اتنے قریب آ چکے تھے جہاں سے واپسی ناممکن لگتی تھی۔ یقین کرو تب مجھے اپنے بوڑھے ماں باپ کی عزت کا بھی خیال نہیں آتا تھا بلکہ آج اسی گھر سے مجھے نفرت اور گھٹن محسوس ہو رہی تھی جہاں پہلی دفعہ میں نے چلنا سیکھا تھا۔"

رات کافی ہو چکی تھی۔ میں جو ہمیشہ جلدی سونے والی، نیند کوسوں دور تھی اور چاہتی تھی کہ جتنا جلدی ممکن ہو سہ سب کچھ کہہ دے جو مجھے ابھی تک معلوم نہیں ہو سکا۔ شادی والے گھر میں مکمل خاموشی تھی، آدھی رات کا وقت، دونوں بچے گہری نیند میں جب کہ چھوٹے بیٹے کا سر ثمینہ کی گود میں تھا، تھوڑی تھوڑی دیر کے بعد وہ انگلیاں بیٹے کے بالوں میں پھیرتی جاتی تھی اور بڑے بیٹے کی ناک وقفے وقفے سے بند ہو جاتی جس کی وجہ سے وہ عجیب آوازیں نکالتا تو گھبرا کر اسے بھی کروٹیں دلاتی جاتی۔ باہر سے آتی ہوئی لکی سی روشنی میں مجھے ثمینہ کا چہرہ صاف دکھائی دے رہا تھا....... کرب اور درد جو اس کے چہرے پر عیاں تھا۔ میرے پوچھنے پر ایک آہ بھری اور پھر متوجہ ہو گئی۔

"ندیم سے میں اصرار کرنے لگی کہ مجھ سے شادی کر لے تب اس نے مجھے بتایا کہ اس کی شادی تو بہت پہلے ہی اپنی کزن سے ہو چکی ہے جس کو وہ چاہتا تھا کسی زمانے میں اور اس کی چار بیٹیاں ہیں، بڑی بیٹی کی عمر بائیس سال ہے۔ جبکہ میری اس وقت انیس سال تھی لیکن سچ کہتے ہیں محبت اندھی ہوتی ہے لیکن میری محبت اندھی، گونگی، بہری سبھی کچھ تھی۔ ندیم یہ سب کچھ کہہ کر مجھے بس اسٹاپ پر چھوڑ کر کب کا جا چکا تھا۔ میں بوجھل قدموں کے ساتھ گھر میں داخل ہوئی۔ ماں کو کچھ دنوں سے مجھ پر شک تھا تبھی تو ایک دم ہی گرج پڑیں"۔

"کہاں گئی تھی"۔ کالج سے تو تمہارا نام خارج ہو چکا ہے۔ بکواس کرتی ہو۔ آج کوئی بھائی سر پر ہوتا تو تمہارے یہ چال چلن نہ ہوتے۔ غصے میں پھولی ہوئی سانس کے ساتھ وہ جانے کیا کچھ کہہ رہی تھیں۔ بے ربط جملے، بے بسی سے بھیگی آنکھیں۔ سونے کی انگوٹھی اور اس کے ساتھ کے ٹاپس کس ذلیل نے دیئے ہیں اور اس کے ساتھ کیا کچھ کیا۔ کیا جواب دیتی بس اتنی کہہ سکی کہ وہ بہت امیر کبیر ہے اور مجھ سے شادی کرنا چاہتا ہے۔ ماں کو ایسی حالت میں کچھ نہ سوجھا تو یہ کہہ کر چلی گئیں کہ اس سے کہو جلدی سے اپنے گھر والوں کو لے کر آئے۔"

صبح کی اذاں سنائی دی تب ثمینہ خاموش ہو گئی۔

میں اٹھی، وضو کیا اور نماز پڑھنے لگ گئی۔ سلام پھیرنے کے بعد ثمینہ پر نظر پڑی، وہ سو چکی تھی تب میں بھی اپنے بیڈ کی طرف چل دی۔

اگلا دن کافی مصروف گزرا۔ بازار سے چند چیزیں لینی تھیں۔ رات کو برات تھی۔ کافی ہلا گلا، شور شرابا ہر کسی کو جلدی تھی۔ خواتین تو چلو بدنام لیکن یہ مرد حضرات کو کیا ہو گیا کہ بیوی سے زیادہ فیشن کے چکروں میں۔ برات تیار تھی کہ سامنے سے ثمینہ اپنے دونوں بچوں کے ساتھ آتی دکھائی دی۔ کالے رنگ کی شیفون کی ساڑی جس کے اوپر خوبصورت سفید کام ہوا تھا اور ساتھ میں سفید موتیوں کا خوبصورت گولڈ کا سیٹ۔ بہت ہی خوبصورت لگ رہی تھی۔ ویسے وہ کسی ملکہ سے کم تھی بھی نہیں۔ برات کی بھی رسمیں رات دیر تک چلتی رہیں لیکن میری ہمت جواب دے چکی تھی اور میں سونا چاہتی تھی سو اپنے کمرے میں آ گئی۔

بچوں کے شور اور خواتین کے اونچا اونچا بولنے پر آنکھ کھل گئی۔ خواتین کو پتہ نہیں یہ بیماری کیوں ہے اونچا بولنے کی۔ ساتھ بیٹھی خاتون کے ساتھ اتنی اونچی آواز سے بات

کریں گی ، لگے گا جیسے وہ چاند پر بیٹھی ہوں۔ حلوہ پوری کی خوشبو نے بھوک دو چند بڑھا دی۔ سامنے سے آتی ہوئی ثمینہ کو میں نے ہاتھ کے اشارے سے اپنے پاس بلوالیا تا کہ ناشتا ساتھ ہی کر لیں۔ ولیمہ چونکہ رات کا تھا اس لیے کوئی جلدی نہیں تھی۔

"بچے کہاں ہیں ؟" دونوں کو ساتھ نہ پا کر پوچھا۔

"رات کو پاپا کے ساتھ گھر چلے گئے"

"اور تم ؟"

"نہیں میں نہیں گئی۔ نہ جانے کیوں اس گھر میں میرا دم گھٹتا ہے۔"

"تم نے تو اپنی پسند اور اپنی مرضی سے شادی کی۔

کیا تم اپنی سلطنت میں خوش نہیں ہو؟" میرے اندر بہت سے سوالات مجھے پریشان کر رہے تھے لیکن میں نے پوچھا کچھ نہیں۔

"ایک دن میں نے ندیم سے کہہ ہی دیا۔ جو بات مجھے اندر ہی اندر کھائے جا رہی تھی کہ میں اپنے ماں باپ کو کیسے بتاؤں کہ تم شادی شدہ ہو"

یہ تم مجھ پر چھوڑ دو۔ ندیم نے اتنے پر سکون لہجے میں جواب دیا جیسے یہ کوئی بڑی بات ہی نہ ہو پھر ایک دن وہ ہمارے گھر آ ہی گیا۔ تعارف کرانے کے بعد وہ امی ابو کو یقین دلا رہا تھا۔ آپ یقین کریں۔ میں ثمینہ کو بہت خوش رکھوں گا۔ چونکہ میں ایک پٹھان بنگش فیملی سے تعلق رکھتا ہوں اس لیے ابھی اپنے گھر والوں کو نہیں بتانا چاہتا۔ بعد میں سب ٹھیک ہو جائے گا وہ نہایت دھیمے لہجے میں امی ابو کو بتا رہا تھا، بس آپ شادی کی تیاری کریں۔ ؛اچھا پھر۔۔۔۔۔۔ میں بیچ میں ہی بول پڑی

ہونا کیا تھا۔ مجھے بھی ثمینہ عزیز سے ثمینہ ندیم بننے کی جلدی تھی۔ انسان کتنا خود غرض ہے اپنی ذات کے سواء اسے کچھ دکھائی ہی نہیں دیتا اور مجھے بھی بس ندیم

چاہیے تھا۔ یا پھر ان چمکتی ہوئی گاڑیوں کا اثر تھا۔ میں یہ بھی بھول گئی کہ وہ شادی شدہ ہے اور چار بچوں کا باپ بھی، لیکن گھر والوں کو تو فکر تھی۔

لڑکے کی عمر زیادہ ہے ثمینہ کی ماں۔ ابو کی کمزور آواز سنائی دی

آدمیوں کی عمریں کس نے دیکھی ہیں۔ اچھی شکل اور سب سے بڑی بات پیسے والا، اور کیا چاہیے اپنی ثمینہ کے لیے، نا جانے کس مجبوری میں ابھی تک شادی نہیں کی۔ میں نے باوجود اس کے ندیم شادی شدہ ہے اور چار بچوں کا باپ بھی کچھ نا سوچا۔۔۔۔۔۔۔۔۔ اور نہ ہی سوچا کہ پہلی بیوی پر کیا گزرے گی۔؛

ثمینہ تمھاری چائے ٹھنڈی ہو گئی ہے لاؤ دوسری لا دوں۔ میں نے کپ اس کے ہاتھ سے لیتے ہوئے کہا تھا۔

نہیں جہاں زندگی ٹھنڈی پڑ گئی ہو وہاں چائے کا ٹھنڈا ہونا کیا معنی رکھتا ہے۔ وہ اسی یاسیت سے بولی تھی

بعض دفعہ ہمیں ہمارے کیے کی سزا ملتی ہے

وہ بہت دکھ سے بولی

شادی کا یہ فیصلہ ہوا کہ خالہ کے گھر برات جائے گی اور میں دلہن بن کر اپنے ہی گھر آؤں گی اور کچھ دنوں بعد وہ مجھے الگ گھر میں رکھے گا۔ میرا ریموٹ تو اسکے ہاتھ میں تھا۔ جیسے وہ چاہتا میں ویسے ہی کرتی۔ امی ابو نے شور کیا لیکن میری ضد اور زہر کھا کر مر جانے کی دھمکی کار آمد ثابت ہوئی اور وہ اعتراض بھی نہ کر سکے۔

ندیم کی طرف سے کوئی نہیں تھا۔ نہ کوئی دوست، اور رشتے دار کا تو سوال ہی پیدا نہیں ہوتا۔ دلہن بن کر اپنے اسی کمرے میں، اب اس کمرے میں چارپائی کی جگہ ڈبل بیڈ نے لے لی تھی کونے میں پڑی الماری کو ہٹا کر ڈریسنگ ٹیبل رکھ دی اور نیا صوفہ سیٹ جو

ندیم نے خرید اتھا۔

اس کمرے میں تو یہی تبدیلی آئی تھی ہاں میری زندگی کی تبدیلی میں ندیم کا احساس، ندیم کو حاصل کرنے کا غرور ، جو اب میری ملکیت تھا، جس کو کوئی مجھ سے چھین نہیں سکتا تھا۔

وقت گزر تا رہا۔ جب بھی میں دوسرے گھر کی بات کرتی۔ تو یہ کہہ کر خاموش کروا دیا جاتا کہ ثمینہ تم میری بیوی کو نہیں جانتی اس کو اگر ہماری شادی کا پتہ چل گیا تو وہ مجھ کو قتل کر دے گی۔ آخر کار اپنے مجھے اپنی امی اور ابو کو بتانا ہی پڑا ندیم کے بارے میں لیکن اب وہ کیا کر سکتے تھے۔ سب کچھ تو داؤ پر لگ چکا تھا۔ اس دوران میں نے بیٹے کو جنم دیا۔ بچے کی پیدائش پر ندیم بہت خوش تھا۔ ثمینہ تم نے مجھے ایک وارث دے دیا۔ جانتی ہو۔ ہم پٹھان لوگوں میں لڑکے کی کتنی اہمیت ہے۔ تب میرے اندر غرور اور بھی بڑھ جاتا۔ جب بار بار مجھے میری اہمیت کا احساس دلاتا۔ اب ندیم کا معمول بن گیا تھا کہ وہ تین دن میرے پاس اور تین دن دوسری بیوی کے پاس ہوتا۔ ایک سال بعد میرا دوسرا بیٹا پیدا ہوا۔

سونو تم رات کو ولیمے پر کون سا ڈریس پہنو گی ؟ کیا مجھ سے کچھ کہا میں نے سر اٹھا کر پاس کھڑی کزن ماہم سے پوچھا میں ثمینہ کی باتوں میں اتنی گم تھی۔

جی نہیں فرشتوں سے کہا۔ تو لڑکی پھر جواب بھی فرشتے ہی دیں گے میں نے بظاہر ہنس کر کہا تھا لیکن ماہم تپ کر چلی گئی میں پھر ثمینہ کی طرف متوجہ ہوئی جو اپنے ہاتھ کی لکیروں میں گم تھی

کیا دیکھ رہی ہو؟ میں نے پوچھا۔ کہتے ہیں جب ہم پیدا ہوتے ہیں تو ہمارا اچھا برا ہاتھ کی لکیروں میں لکھ دیا جاتا ہے۔ تو پھر۔۔۔۔۔ ثمینہ نے بے بسی سے ہنس رہی تھی۔ یا

شاید مجھے لگ رہا تھا

نہیں میری جان اللہ نے اسی لیے تو عقل بھی دی ہے میں اس کو قائل کرنے کی کوشش کر رہی تھی اس دن میری سلطنت اور میرے خواب کرچی کرچی ہوئے جب ندیم نے یہ کہا کہ وہ شوروم کا مالک نہیں بلکہ ملازم ہے مالک خود دبئی ہوتا ہے اس لیے شوروم اس کے حوالے کر کے گیا ہوا تھا۔ اب وہ واپس آگیا ہے اس لیے ساری عیاشی ختم۔ میں یہ سب کچھ نہ سہہ سکی اور پھر ہمارے درمیاں کسی نہ کسی بات پر جھگڑا رہنے لگا۔ ندیم اب وہ پہلے والا ندیم نہیں تھا۔ جس طرح پتنگ اُڑاتے ہوئے آہستہ آستہ ڈور چھوڑنی پڑتی ہے اور ندیم بھی مجھے اس ڈور کی مانند لگا۔ جو آہستہ آہستہ چھوٹ رہی ہے اور ساتھ میں پتنگ کے کٹ جانے کا ڈر بھی

ایک دفعہ تو حد ہو گی جب اس نے میرے ساتھ اس چھوٹے سے گھر میں رہنے سے انکار کر دیا۔ اور یہ دھمکی بھی دی کہ دونوں بچے مجھ سے چھیں لے گا۔ تب میری حالت اس زخمی شیرنی جیسی ہو گئی۔ جو چوٹ لگنے کے بعد پاگل ہو جاتی ہے۔ مجھے چھوڑ دے گا۔ کیسے سوچ لیا اس نے۔۔۔۔۔۔۔۔ ناممکن

آپ کا فون ہے ہم دونوں نے چونک کر اس لڑکی کی طرف دیکھا۔۔۔ میرا نہیں ثمینہ باجی کا وہ یقینا کی کوئی جاننے والی تھی۔ واپس آتی ثمینہ کے چہرے پر ہلکی سی پریشانی تھی۔ کیا ہو اسب ٹھیک تو ہے نا میں نے فوراَ پوچھا۔ بیٹے کی طبیعت خراب ہے جانا ہو گا۔

پریشان نہ ہو سب ٹھیک ہو گا انشاء اللہ میں نے تسلی دی۔

رات کو میں نے انتظار کیا لیکن وہ نہیں آئی ولیمے کے بعد ہر کوئی اپنی کاروبار زندگی میں مصروف ہو گیا

فون کی بیل کب سے بج رہی تھی اور دینو بابا ہمیشہ کی طرح نہ جانے کہاں تھے۔ میں

کچن سے تقریباً بھاگ کر فون پر لپکی۔ کہیں بند ہی نہ ہو جائے مجھے نہ جانے کیوں ثمینہ کے فون کا انتظار تھا۔ کہ کہیں وہ اپنے ساتھ کچھ کر نہ بیٹھے

ہیلو کون ؟ دوسری طرح میری کزن ماہم تھی تم کو پتہ ہے ثمینہ کا، نا جانے اس کی آواز میں کیا تھا۔ جو میرا دل اتنی زور سے دھڑکا جیسے مجھے ہارٹ اٹیک ہو جائے گا۔ کیا ثمینہ نے خودکشی کر لی۔ میں اس کے سوا اور کیا سوچتی۔ اسی بات کا مجھے ڈر تھا۔ نہیں۔۔۔۔۔۔۔ تو کچھ بتاؤ بھی۔ کیا ہوا۔ تب ماہم نے مجھ سے جو کہا وہ بھی کسی ہارٹ اٹیک سے کم نہیں تھا۔ یہ کیسے ممکن تھا، اف میرے خدایا دونوں بچے کیسے مر سکتے ہیں۔ میں نے اپنی ساری قوت گویائی یکجا کی

ثمینہ تو پاگل ہو گئی ہو گی۔ نہیں وہ بڑی پر سکون ہے۔۔ کیا میں زور سے چلائی۔ پھر تم پاگل ہو گی ہو۔ جس ماں کے ایک ہفتے میں دو بچے مر گے ہوں تو وہ پر سکون کیسے ہو سکتی ہے ÷۔ مجھے ماہم کی ذہنی حالت پر شک ہونے لگا۔

کچھ روز پہلے وہ اپنے بیٹے کو جاوید کے کلینک لے کر گئی تھی۔ اور یہ کہا تھا۔ کہ اس نے غلطی سے نیند کی گولیاں کھالی ہیں۔ بر وقت علاج کی وجہ سے یوں تو بچہ خطرے سے باہر تھا میرے میاں نے دو دن بعد آنے کو کہا لیکن ثمینہ نہیں گئی۔ میں سانس روکے سن رہی تھی۔ دوسری طرف سے ماہم نے مجھے خاموش پا کر پوچھا سن رہی ہو نا۔ وہ چلائی۔ مجھے لگا اب تو بس قیامت ہی آنے والی ہے

ہاں ہاں جلدی بولو۔

چھوٹے بیٹے کے ٹھیک ایک ہفتے بعد پتا چلا کہ بڑے بیٹے کو بخار ہوا اور وہ دو گھنٹے کے اندر اندر وہ بھی چل بسا۔ یا میرے خدایا۔ وہ تو پہلے اتنی دکھی تھی اور یوں دونوں بچوں کا مر جانا کیا کرتی ہو گی ثمینہ ؟

میرے آنسو روکنے کا نام ہی نہیں لے رہے تھے۔ پھر ماہم نے یہ کہہ کر حیران کر دیا سب تو یہ کہتے۔ ہیں اور جاوید بھی کہ وہ بچے مرے نہیں ہیں۔ مارے گے ہیں ان کو ثمینہ نے اپنے ہاتھوں سے قتل کیا ہے۔ کیونکہ چند دن پہلے اس نے کسی سے کہا تھا کہ اگر ندیم میرا نہ رہا تو یہ بچے بھی کسی طرح اس کے نہیں ہونے دوں گی۔ میں نیم مردہ حالت میں اپنے بکھرے وجود کو یکجا کر رہی تھی۔ اور وہیں کرسی پر ڈھیر ہو گئی۔ فون کب کا بند ہو چکا تھا۔ ہر طرف ویرانی اور اداسی چھائی ہوئی تھی۔

یہ کیسی محبت تھی۔ خود غرضی کی انتہا۔۔۔۔۔۔ بدلہ لینے کی آگ میں جلنے والی بے چاری ثمینہ خود جہنمی ہو گئی تھی۔ اس کے پاس کیا بچا تھا، سوائے خسارے کے اس پر تو کسی صورت رحم بھی نہیں آتا، جس نے دو معصوموں کی جان لی۔ یہ کیسی محبت تھی۔ محبت کرنے والے تو جان دیتے ہیں جان لیتے نہیں اس وقت مجھے رہ رہ کر یو کے کی اس عورت کا خیال آ رہا تھا۔ جس نے اپنے بچوں کو مار کر خود اپنی جان دے دی۔۔ ثمینہ نے بھی اپنے بچوں کی جان لی۔ لیکن ثمینہ زندہ ہے۔ ثمینہ کی محبت۔۔۔ محبت نہیں تھی۔ ثمینہ اور ندیم دونوں نے خود غرضوں کی طرح محبت کو اپنی خواہشوں کی سولی چڑھا دیا۔ محبت پوچھ رہی تھی۔ کہ یہ کیسی محبت تھی، خوف اور درد سے میرا پورا وجود کانپ رہا تھا۔ ایک ہی بازگشت بار بار سنائی دے رہی تھی۔ یہ کیسی محبت تھی؟؟

(۹) تصویرِ حسرت

زرقا مفتی

ہسپتال کے بستر پر آنٹی شمیم کو دیکھ کر مجھے اپنی آنکھوں پر یقین نہیں آیا۔ چند گز کے فاصلے سے تو کوئی نہیں کہہ سکتا تھا کہ بستر پر چادر اور تکیے کے علاوہ کوئی انسان بھی لیٹا ہے۔ بستر کے قریب جا کر اپنی آنکھوں پر یقین نہیں آیا تمام بال سفید، پچکے ہوئے گال آنکھیں گڑھوں میں دھنسی ہوئی، رنگت نہایت زرد جیسے کوئی اسی سالہ فاقہ زدہ مدقوق بُڑھیا ہو۔ حالانکہ آنٹی بمشکل باون ترپن کی ہونگی۔ میں نے اپنی زندگی میں کسی کو اتنی کڑی سزا ملتے نہیں دیکھی۔ سنتی آئی تھی کہ نیکی بدی کی سزا دُنیا میں بھی ملتی ہے مگر اس پر اعتقاد نہ تھا۔ دُنیا میں کئی لوگ بڑے بڑے جرائم کے بعد بھی پھلتے پھولتے نظر آتے ہیں پھر آنٹی کا جُرم کونسا اتنا بڑا تھا۔ سوائے قطع رحمی کے اور سگی بہنوں کا حق غصب کرنے کے اور اُنہوں نے کیا کیا تھا۔

آنٹی جنہیں ہم پیار سے شمو آنٹی کہا کرتے تھے ہماری سب سے چھوٹی خالہ تھیں آج جب یاد کرنے بیٹھی ہوں یا سوچنے لگتی ہوں کہ آنٹی کے ساتھ یہ سب کیوں ہوا موردِ الزام کس کو ٹھہرایا جائے تو مجرم سبھی اپنے نظر آتے ہیں۔ نانا ابو، نانی امی جن کے درمیان ذہنی ہم آہنگی بالکل نہ تھی نانا ابُو کی اپنی ایک الگ دُنیا تھی گھر کی زیریں منزل اُن کے استعمال میں تھی جہاں کتابوں میں گم رہتے گھر والے صرف کھانا دینے یا کسی ضرورت کے تحت نیچے آتے نانا ابو کا گھر والوں سے صرف ذمہ داری کا رشتہ تھا۔ نانی امی کی اپنی دُنیا تھی جس میں سب سے زیادہ اہمیت میکے والوں کی تھی پھر سہیلیاں تھیں پھر شاگردیں

تھیں جنہیں وہ قُرآن پڑھایا کرتیں اولاد تو سب سے آخر میں آتی تھی۔

اب اس ماحول میں اولاد کیا بن سکتی تھی بس خود رو پودوں کی طرح بڑھتی رہی۔ شخصیت کو سنوارنے کے لئے جس تراش خراش کی ضرورت ہوتی ہے وہ تربیت اُس گھر میں نہ ہو سکی تھی۔ مجھے جہاں تک یاد پڑتا ہے آنٹی کافی ضدی طبیعت کی تھیں بڑی بہنیں اُنہیں مذاق میں چھوٹی کھوپڑی کہا کرتی تھیں۔

آنٹی کے حوالے سے سب سے پُرانی یاد جو ذہن میں اُبھرتی ہے وہ اُن کی شادی سے متعلق ہے۔ مجھے یاد ہے جب اُن کی شادی کے لئے پیغام آیا تو ہم دونوں بہنیں خوشی کے مارے ناچنے لگیں آنٹی کی شادی ہو گی آنٹی دُلہن بنیں گی مگر آنٹی نے ہمیں بُری طرح جھڑک دیا تھا نہ جانے کیوں۔ پھر گھر کی خواتین لڑکا دیکھنے گئیں اور واپسی پر یہ خبر سُن کر ہم کتنے خوش تھے کہ لڑکا بنک میں اچھے عہدے پر فائز ہے ذاتی مکان کا مالک ہے ساس سُسر کا انتقال ہو چکا ہے اور ایک ہی نند ہیں وہ بھی شادی شُدہ اور سب سے بڑھ کر یہ کہ لڑکا "وحید مُراد" کی طرح خوبرو اور سمارٹ ہے۔ بس جھٹ پٹ نکاح مقرر ہو گیا نکاح کے روز آنٹی کتنی خوبصورت لگ رہیں تھیں ہلکے گلابی رنگ کا اطلس کے کامدار سوٹ میں ، بالوں کا جوڑا بنائے ہوئے ہلکا سا میک اپ کیے جس نے بھی آنٹی کو دیکھا دیکھتا ہی رہ گیا۔ مگر دُولہا دیکھ کر نہ ہم بہنیں خوش ہوئیں اور نہ ہی آنٹی سمارٹ تو وہ بالکل بھی نہ تھا کافی سانولا رنگ اور عمر بھی تیس بتیس سے کم نہ ہو گی جبکہ آنٹی ابھی بیس کی بھی نہ ہوئیں تھیں میں اور ثناء (میری بہن) تو منہ بسور کر ایک طرف ہو گئیں کہ یہ کہاں سے وحید مُراد جیسا ہے بالکل کالا ٹینک لگ رہا ہے۔

نکاح کے اگلے دن آنٹی نے گھر میں ہنگامہ برپا کر دیا۔ امی اور آنٹی عفت سے خوب لڑیں کہ میرے لئے کیسا بر ڈھونڈا ہے۔ امی اور آنٹی عفت نے بہت سمجھانے کی کوشش

کی کہ لڑکا شریف ہے اچھی پوسٹ پر ہے اپنا گھر ہے نہ ساس نند کا جھگڑا ہے نہ کوئی اور ذمہ داری مگر آنٹی تھیں ایک ہی بات پر اٹکی تھیں کہ آپ دونوں نے لڑکے کی شکل صورت کے بارے میں غلط بیانی کیوں کی۔ ادھر امی اور آنٹی کو انکل کی شکل صورت میں کوئی خرابی نظر نہ آتی تھی۔ خیر آنٹی کی کسی نے نہ سنی اور دو ماہ بعد رخصتی کر دی گئی۔ آنٹی نے دل سے اپنے شوہر کو قبول نہ کیا تھا سو پہلے ہی دن اُن کو بتا دیا کہ کہ میں تو آپ کو دیکھ کر بیہوش ہو گئی تھی اور آپ تو مجھ سے بہت بڑے نظر آتے ہیں۔ انکل نے اس بات کی گرہ دل میں رکھ لی اور دو ڈھائی ماہ بعد ہی ایک معمولی سے جھگڑے کے بعد آنٹی کو طلاق دے دی۔ اس پر آنٹی کو نہ روتے دیکھا نہ ہی پچھتاتے بلکہ کہنے لگیں میں نے تو خانہ کعبہ پر پہلی نظر ڈالتے ہی دُعا کی تھی کہ یا اللہ یا تو میری شادی کبھی نہ ہو یا اگر ہو تو میں جلد گھر لوٹ آؤں۔ (آنٹی میٹرک کے بعد ہی حج کا فریضہ ادا کر چکی تھیں اب گھر والے تو پھر سے نئے رشتے کی تلاش میں لگ گئے خاندان سے بھی کئی پیام آئے مگر آنٹی نے حامی نہ بھری اور ضد کر کے ایم اے میں داخلہ لے لیا پڑھائی کے دوران وہ بہت خوش رہیں شعر کہنے لگیں ریڈیو کے ادبی پروگراموں میں شرکت کرتی رہیں۔ ایک افسانوں کا مجموعہ بھی شائع ہو گیا جسے عوامی سطح پر تو مقبولیت نہ مل سکی مگر رائٹرز گلڈ کی طرف سے دوسرے انعام کا حقدار ٹھہرا۔ آنٹی روزانہ ہمارے گھر آیا کرتیں اپنی ہر بات ہم سے شیئر کرتیں۔ اسی دوران ان کی دوبارہ شادی کی کوشش بھی ہوتی رہی جو بار بار ناکام ہو جاتی۔ انہوں نے ایک دو سکولوں میں نوکری بھی کی مگر پھر چھوڑ دی۔ پھر ہم اپنی نئی کوٹھی میں شفٹ ہو گئے تو روز کی ملاقات ختم ہو گئی۔ نانا ابو اور نانی امی ڈیڑھ دو سال کے وقفے سے اللہ کو پیارے ہو گئے۔ نانی امی کے انتقال کے بعد ہم نے کافی اصرار کیا کہ آپ ہمارے ساتھ ہمارے گھر میں رہیں مگر نہیں مانیں کچھ دن بعد علم ہوا کہ انہوں نے نانا ابو اور نانی امی کا تمام ترترکہ ایک

جعلی ڈگری کے ذریعے اپنے نام کروالیا ہے۔ اُن کو سمجھانے کی بہت کوششیں کی گئیں مگر نوبت مقدمے بازی تک پہنچ گئی۔ مقدمہ عدالت میں چلا گیا اور بہنوں میں پھوٹ پڑ گئی۔ پھر ان کی ملاقاتیں کمرۂ عدالت میں ہوا کرتیں یا خاندان میں کسی غمی خوشی کے موقع پر۔ آنٹی نے ایک ہی کلمہ یاد کر رکھا تھا کہ میری بہنوں نے میری زندگی تباہ کر دی اپنی ناکام شادی اور ناکام زندگی کی ذمہ دار وہ امی اور آنٹی عفت کو مرتے دم تک ٹھہراتی رہیں۔ میں اپنی شادی کے بعد اُن سے ملنے کے لئے گئی تو حیران رہ گئی گھر میں کوئی چیز ترتیب سے نہ رکھی تھی گھر کیا بھوتوں کا ڈیرہ لگ رہا تھا چھتوں سے جالے لٹک رہے تھے پتہ نہیں آنٹی وہاں کس طرح اکیلی رہ رہی تھیں فرج کھول کر انہوں نے مجھے مُرغی کے گوشت کا پیکٹ دکھایا کہ تمھاری دعوت کے لئے منگوایا ہے مگر اس پیکٹ کے سوا فرج میں کچھ نہ تھا کہنے لگیں میں تو کھانا ہوٹل سے کھاتی ہوں اس لئے گھر میں کچھ نہیں رکھتی جاتے ہوئے مجھے ایک ہزار روپے دیئے جو میں نے نہ چاہتے ہوئے بھی رکھ لئے کہ اُن کی دل آزاری مقصود نہ تھی۔ میں تو اُن کا حال دیکھ کر بہت پشیمان تھی

نہ جانے کیوں ہم لوگ دُنیاوی مال کو اپنے خونی رشتوں پر ترجیح دیتے ہیں امی اور آنٹی عفت گرچہ مالی مشکلات کا شکار تھیں مگر اب لگتا ہے کہ اپنے گھروں میں اپنے خاندانوں کے ہمراہ دکھ سکھ سہنا اکیلے تنہائی کا عذاب سہنے سے تو سہل ہوتا ہے۔ کچھ دن ملال رہا پھر میں اپنی زندگی میں مگن ہوگئی۔ آنٹی دو تین بار میرے گھر آئیں ہر بار کوئی صلح کی پیشکش لے کر آتیں مگر بعد ازاں اپنی کہی سے پھر جاتیں۔ پھر میں نے گھر بدل لیا تو یہ سلسلہ ختم ہوگیا۔ ابو کے انتقال پر آنٹی آئیں تو ہم سب اتنے کٹھور بن گئے کہ اُن سے نظر تک نہ ملائی وہ کچھ دیر بیٹھ کر چلی گئیں۔

پھر معلوم ہوا کہ آنٹی نے وکالت کا امتحان پاس کر لیا ہے اور امی وغیرہ کو خوب

دھمکایا ہے کہ اب دیکھنا میں تم سب سے کیسے گن گن کر بدلے لوں گی۔ کچھ عرصے بعد ہمسایوں نے خبر دی کہ آنٹی نے شادی کر لی ہے امی کو بھی عدالت میں یہی کہا کہ کسی پولیس افسر سے شادی کر لی ہے مگر کچھ ماہ بعد ہی نکر گئیں ایک دو سال اور بیت گئے تو میرا بھائی بر سرِ روزگار ہو گیا اور امی کو مقدمے کی پیروی سے منع کر دیا۔ پھر خبر ملی کہ آنٹی سخت بیمار ہیں امی یہ سن کر نہ رہ سکیں اُن کو فون کیا خود گئیں کہ تم میری بیٹی جیسی ہو تمام باتیں بھُلا کر میرے پاس چلی آؤ اور ساتھ ہی یہ کہ لینا دینا خدا کے ہاں ہو جائے گا اب بھلا وہ کہاں ماننے والی تھیں کہ اُن کے موجب تو ہم سب اُن کے دیندار تھے۔ آنٹی کے بارے میں پھر میرے شوہر بتاتے رہے کہ عدالت میں اکثر فضول حلیے میں نظر آتی ہیں عجیب سے میک اپ میں ادھر اُدھر گپیں لگاتی رہتی ہیں

اور اب یہ بھی حال احوال پوچھنے کی بجائے کترا کر ہی گزر جاتے۔

کچھ ماہ بعد ایک کزن کی شادی میں ملاقات ہو گئی میں نے تو اُن کو دور سے دیکھا مگر میری بہن نے مجھے منع کر دیا کہ انکو مت بلانا آنٹی خود میرے پاس آئیں حال احوال پوچھ کر گئیں۔ بہت کمزور لگ رہیں تھیں اور حلیہ بھی کچھ عجیب سا تھا سالوں پُرانے کپڑے پہن رکھے تھے جو اب کسی ملازمہ کو بھی دیں تو لینے سے انکار کر دے۔ سمجھ نہیں آیا کہ ماں باپ کی تمام دولت جائداد پر قبضہ کرنے کے بعد اتنے بُرے حال میں کیوں ہیں اور جس مال کی خاطر بہنوں سے دوری اختیار کی تھی اُس مال سے خود کیا حظ اُٹھایا ہے۔ اُن کو تو جائداد کے کرایوں سے اتنی آمدن تھی کہ کئی نوکر اپنے سے بہتر حلیے میں رکھ سکتی تھیں۔ مگر مجھے یہ معلوم نہ تھا کہ پچھلے بیس سالوں میں اُن پر کیا کیا بیت چکی ہے۔

پانچ چھ ماہ بعد آنٹی عفت کے بیٹے کی شادی پر گئی تو آنٹی نے بتایا "میں تو غلطی کر بیٹھی شمیم کو شادی پر بلا لیا اور اُس کو دیکھو ایک دن پہلے ہی چلی آئی۔ اللہ معاف کرے

اتنے خراب کپڑے ٹوٹی ہوئی سینڈل دونوں موزے فرق رنگ کے میری تو اپنی سسرال میں ناک ہی کٹ گئی۔ اب سوچوں کہ اس کو کس طرح یہاں سے رُخصت کروں صبح ہوئی تو ایک نہایت گھٹیا سا سوٹ کا کپڑا نکال کر مجھے کہنے لگی یہ تمہاری بہو کے لئے لائی ہوں۔ اتنا نہیں کیا کہ سالوں سے ہمارا حق دبا کر بیٹھی ہے تو ہزار دو ہزار بھانجے کی شادی پر خرچ کر لیتی۔ کس بہانے سے اُسے رخصت کیا کہ اب کل کپڑے بدل کر آنا"۔ مگر اب وہ کہاں آنے والی تھیں۔ آنٹی کے بیٹے کی بارات کے دن بڑی خالہ پر شادی ہال میں بیٹھے بیٹھے فالج کا حملہ ہو گیا۔ وہ ایک ڈیڑھ ماہ ہسپتال میں رہیں اور ہم سب آنٹی شمیم کو بھولے رہے۔

خاندان والے بھی اب امی کو اور آنٹی عفت کو بُرا بھلا کہنے لگے تھے کہ مگر دُنیا کو کون سمجھاتا کہ سارے رشتے تو آنٹی نے خود ختم کئے تھے۔ کوئی کہتا کہ شمیم کو کینسر ہو گیا ہے اس کے سب بال اُتر گئے ہیں کوئی کہتا ھیپاٹائٹس سی ہو گیا ہے غرض یہ کہ جتنے منہ اُتنی باتیں۔ میں نے کئی دفعہ اپنے میاں سے کہا میرا آنٹی کی خبر گیری کو بہت دل چاہتا ہے وہ کہہ تو دیتے کہ لے جاؤں گا مگر نہ وہ لے کر گئے اور نہ میں نے اصرار کیا۔ سچ پوچھیں تو میں سمجھتی ہوں میری ہی کوتاہی ہے۔ بڑی خالہ کے پوتے کی شادی مقرر ہوئی تو فراز بھائی اپنے بیٹے کی شادی کا کارڈ دینے آنٹی کے گھر گئے تو کرائے داروں سے معلوم ہوا کہ آنٹی کی کچھ دنوں سے کوئی خبر نہیں گھر پر تالہ تھا۔ فراز بھائی نے امی کو اس بات کی اطلاع کر دی۔ امی آنٹی عفت کو لے کر فوراً گئیں مگر کچھ خبر نہ ملی گھر آ کر تمام عزیز رشتہ داروں کے ہاں فون کئے ہسپتالوں کی ایمرجنسی میں دیکھا مگر کچھ پتا نہ چلا۔ دو دن بعد اُن کے کرایہ دار کا فون آیا کہ آنٹی کی حالت سخت خراب ہے جلدی آیئے۔ امی، آنٹی عفت اور میرا چھوٹا بھائی بھاگم بھاگ وہاں پہنچے۔ آنٹی نیم بیہوشی کے عالم میں تھیں مگر اپنی بہنوں

کو بلانے پر سخت نالاں ہوئیں اور ہسپتال جانے پر راضی نہ تھیں آخر میرے بھائی نے ریسکیو والوں کی گاڑی یہ کہہ کر بلائی کہ ایک ذہنی مریض کو ہسپتال لے جانا ہے۔ اور زبردستی گاڑی میں ڈال کر ہسپتال پہنچایا۔ ہسپتال پہنچ کر علم ہوا کہ ذیابیطس کی وجہ سے ایک ٹانگ پر گینگرین ہو گئی ہے اور اس کو گھٹنے سے اوپر تک کاٹنا ہو گا۔ آنٹی کا ذہنی توازن بھی کچھ ٹھیک نہ تھا۔ اپنی حالت کی بجائے کسی کالے بیگ کے لئے متفکر تھیں جس میں ۲۵ لاکھ کے پرائز بونڈ تھے۔

میں آنٹی کی طرف خاموشی سے دیکھتی رہی مگر انہوں نے مجھ سے بات نہیں کی آنکھیں موندے لیٹی رہیں۔ میں بھی کچھ دیر بعد گھر آگئی۔ امی سے روزانہ ایک دو بار اُن کی خیریت پوچھ لیتی۔ امی اور آنٹی کو وہ برابر بُرا بھلا کہتی رہیں۔ اور ہسپتال سے جانے کی ضد کرتی رہیں۔ ٹانگ کٹوانے سے بھی صاف انکار کر دیا اگر میری قسمت میں مرنا ہی لکھا ہے تو ٹکڑے ٹکڑے ہو کر مرنا قبول نہیں۔ میں پھر ایک روز اُن کو دیکھنے گئی تو کافی بہتر لگیں میں نے کہا آنٹی آپ نے اپنا بالکل خیال نہیں رکھا اس کے جواب میں انہوں نے پھر یہی کہا کہ میرے ساتھ جو کچھ ہوا ہے اس کی ذمہ دار میری بہنیں ہیں۔

اُن کے دل سے اپنی ناکام شادی کی بات اب تک نہ نکلی تھی۔ میں تو بالکل ٹھیک تھی ایسے ہی مجھے اُٹھا کر یہاں لے آئیں اور میرا معدہ دوائیاں کھلا کھلا کر خراب کر دیا ہے میں نے سمجھانے کی کوشش کی کہ آنٹی یہ تو اینٹی بائیوٹک دوائیوں کا اثر ہے جو ٹانگ میں انفیکشن کے لئے دی جا رہی ہیں۔ مگر اُن کے چہرے پر بے اعتمادی اور بے یقینی تھی اور شاید اپنی ضد میں وہ کسی بات کو تسلیم نہ کرنا چاہتی تھیں۔ قریباً بیس روز ہسپتال میں رہنے کے بعد ایک دن اُنہوں نے اپنی کلائی سے تمام سوئیاں نکال دیں دوائی اور انجکشن لینے سے انکار کر دیا اور بھوک ہڑتال کر دی۔ ڈاکٹر اور نرس کو بھی گالیاں دیں ٹانگ کی

ڈریسنگ تبدیل کروانے سے انکار کر دیا ڈاکٹر صاحب پر واضح کر دیا اگر میری ٹانگ کاٹی تو میں تم پر مقدمہ کر دوں گی۔ تین روز تک اسی حالت میں ہسپتال میں پڑی رہیں اور کسی کی بھی بات نہ مانی آخر ڈاکٹروں نے ہسپتال سے ڈسچارج کر دیا۔

امی اور آنٹی اُن کو گھر لے آئیں گھر کی صفائی کروائی۔ اب وہ آنٹی اور امی سے بالکل ملازماؤں والا سلوک رکھنے لگیں اور یہ اُن کو چھوڑ کر نہ آ سکتیں تھیں کہ وہ بستر سے اُٹھ غسلخانے تک بھی نہ جا سکتیں تھیں اپنے ہاتھ سے دو نوالے بھی نہ کھا سکتیں تھیں۔ اگر کچھ قائم تھا تو اُن کی آواز اور ضد۔ کھانا اور دوا اپنی مرضی سے کھاتیں اور اپنی سمجھ بوجھ کچھ جڑی بوٹیاں استعمال کرتیں۔ گھر میں حکمت کے نسخے، جادو کرنے کی کتابیں، شوہر کو مطیع کرنے کے وظیفے پائے گئے۔ جب اُن سے پوچھتے کہ شمیم شادی کر لی تھی تو منہ پھیر لیتیں یا کہتیں کہ مجھے تنگ نہ کرو آنکھوں میں عجیب سی ویرانی تھی۔ ایک روز کسی عزیز نے گناہوں کی توبہ کرنے کا مشورہ دے دیا تو غصے سے پھٹ پڑیں کہ (نعوذ باللہ) اللہ نے آج تک میرا کیا سنوارا ہے میں نے کیا گُناہ کیا ہے ساری عمر عبادت کی نمازیں پڑھیں روزے رکھے میں کس بات کی توبہ کروں اور کیوں کروں۔

ڈیڑھ مہینہ اسی طرح گزر گیا دو مرتبہ حالت بگڑنے پر ہسپتال لے کر گئے مگر ہوش میں آتے ہی دوبارہ ہسپتال میں ہنگامہ برپا کر دیا ناچار پھر گھر واپس لانا پڑا۔ اب گھر پر ڈاکٹر بلا کر ٹانگ کی مرہم پٹی کروائی جاتی۔ ایک روز امی سے اپنی پسند کا کھانا پکوایا تھوڑا بہت کھا کر کچھ دیر سو گئیں۔ امی عصر سے مغرب تک جائے نماز پر ہی وقت گزارتیں ہیں اُن کو منع کر دیا کہ آج تم میرے پاس ہی بیٹھی رہو۔ اُنکا ہاتھ اپنے ہاتھ میں لے لیا اور بچوں کی مانند کبھی اسے چومتی کبھی اپنے گالوں سے لگاتیں نہ جانے دل میں کیا تھا منہ سے کچھ نہ کہا اور مغرب کے وقت آنکھیں پھیر لیں امی نے ڈاکٹر گھر بلایا تو اُس نے موت کی تصدیق

کر دی۔

کچھ یادوں کی نذر ہو گئی
کچھ تنہائیوں میں گزر گئی
یہ عمرِ عزیز دوستو
بس یوں ہی بسر ہو گئی

مرنے بعد بھی اُن کی ویران حسرت زدہ آنکھیں ادھ کھلی رہ گئیں۔ میں سوچتی ہوں کہ کچھ لوگوں کے ساتھ زندگی سوتیلی ماؤں جیسا برتاؤ کیوں رکھتی ہے۔ اُن کے حصے کی خوشیاں کہیں اور ٹھکانہ کر لیتیں ہیں اور غم جیسے ہمیشہ کے لئے ٹھہر جاتے ہیں۔ سیانے کہتے ہیں کہ اپنوں کا ساتھ نہیں چھوڑنا چاہیے اپنا مارے گا بھی تو مار کر چھاؤں میں ڈالے گا۔ آنٹی اپنی نو عمری کی شادی کی ناکامی کے بعد اپنی سگی بہنوں سے برگشتہ ہو گئیں اور دل میں اُن کے لئے نفرت اور انتقام کے جذبات پالنے لگیں۔ ایک پُرانی البم میں امی، آنٹی عفت اور اُنکے شوہر کی تصویروں کے گرد سیاہ گول دائرے بنائے ہوئے تھے شاید اُن پر کوئی جادو وغیرہ کرواتی رہیں۔ جانے کن لوگوں کی صحبت میں اُٹھتی بیٹھتی رہیں۔ معلوم ہوا کہ ایک نہایت خوش شکل وکیل سے کچھ دوستانہ مراسم ہو گئے تھے جو پہلے سے شادی شدہ اور تین بچوں کا باپ تھا۔ اُس نے ان کو اپنی جھوٹی محبت کے جال میں یہ کہہ کر پھانس لیا کہ میری خاندان میں کم عمری میں شادی کر دی گئی بیوی سے ذہنی مطابقت نہیں۔

آنٹی کی ایک دوست صدف نے امی کو بتایا کہ "باجی مجھ سے مشورہ کرنے آئی تھی کہ وہ مجھ سے شادی کرنا چاہتا ہے مجھ سے بہت محبت کرتا ہے۔ میرے منع کرنے پر مجھ سے روٹھ گئی اور کچھ سال میرے گھر نہ آئی۔ معلوم ہوا کہ اُس وکیل سے شادی کر لی تھی اور اُسے اعلیٰ تعلیم کے لئے امریکہ بھجوا دیا تھا۔ پھر یہ بتایا کہ میں سو رہی تھی وہ میرے

سرہانے طلاق نامہ رکھ کر چلا گیا۔ اُس کے بعد ہمیشہ اُجڑے حالوں میں رہی جب بھی میرے ہاں آتی گندے کپڑوں میں ٹوٹی ہوئی چپل میں گٹھری میں کپڑے باندھ کر۔ کسی مہمان کی موجودگی میں آجاتی تو سخت شرمندگی ہوتی۔ پُرانی دوستی کی وجہ سے منع بھی نہ کر سکتی تھی میرے شوہر اس کے آنے پر سخت نالاں ہوتے۔ میری امی نے کئی بار کہا کہ شمیم بہنوں سے صلح کر لو یا میں کوئی لڑکا دیکھ کر تمہارا گھر بسا دیتی ہوں مگر اس بات پر ناراض ہو کر چلی جاتی مگر کچھ دن بعد پھر آجاتی۔ باجی آپ لوگوں نے اُس کی ایک بوڑھے شخص سے شادی کیوں کر دی تھی اور جب شمیم کا نکاح ہی نہ ہوا تھا تو آپ نے رخصتی کیوں کی وہ تو نکاح کے وقت بے ہوش ہو گئی تھی"

امی نے بتایا کہ ایسا کوئی واقعہ نہیں ہوا تم چاہو تو نکاح کی تصویریں دیکھ لو اس کا شوہر اُس سے آٹھ دس سال بڑا تھا اور اب بھی زندہ ہے چار بیٹوں کا باپ ہے۔ یہ الگ بات ہے کہ وہ شاید اُس کے خوابوں کا شہزادہ نہ تھا شاید وہ کسی ان دیکھے آئیڈیل کی محبت میں گرفتار تھیں اور اُسی کی محبت میں حقیقت کی دُنیا سے بہت دور چلی گئیں تھیں۔ اپنی تخیلاتی دُنیا میں ہی وہ لوگوں کی ہمدردی حاصل کرنے کے لئے جھوٹی کہانیاں گھڑ لیتی تھیں اصل میں شاید وہ خود کو قابلِ رحم سمجھنے لگیں تھیں مگر جھوٹی انا کے ہاتھوں مجبور تھیں۔

اب معلوم ہوا کہ آنٹی آنکھوں میں انتظار اور حسرت کیوں تھی شاید اپنے دوسرے شوہر کو اُنہوں نے جی جان سے چاہا تھا اور اُس کی بے وفائی اُن کی جان لے گئی۔ مر تو وہ اُسی دن گئیں تھیں جس دن وہ ان کے سرہانے طلاق نامہ رکھ گیا تھا ہم ہی نہ جان سکے تھے۔

ooo